21 世纪经济学类管理学类专业主干课程系列教材

基础会计模拟实验教程

主编 杨玉红 高春莲 赵德芳

清华大学出版社

北京交通大学出版社

·北京·

内 容 简 介

《基础会计模拟实验教程》是会计基础理论教学的仿真教材，供学生在完成《基础会计》学习后进行模拟企业账务处理时使用，以便学生理论联系实际，对会计实务中各种原始凭证和记账凭证的填写、编制，各种账簿的登记，对账和结账，财务报表的编制等一系列的基础工作有一个系统、全面的认识，进一步巩固所学的会计基本理论和基础知识，熟练掌握会计核算的基本操作方法和技能，为以后会计专业知识的学习打下坚实的基础。

本书共分六章，第一章为会计模拟实习概述，第二章为会计凭证示例，第三章为会计账簿示例，第四章为基础会计模拟实习凭证及账表，第五章为实习单位的期初数据和原始凭证，第六章为实习操作结果列示，附录为《会计基础工作规范》。

本书所选经济业务切合基础会计教学要求，具体的凭证和账簿的填制都作出了说明，只要学生掌握了会计核算的基本方法，便能进行具体核算处理。

本书适合作为高等学校会计及相关专业的教材，也可作为相关培训教材和自学教材。

图书在版编目（CIP）数据

基础会计模拟实验教程/杨玉红，高春莲，赵德芳主编. —北京：清华大学出版社；北京交通大学出版社，2011.1

（21 世纪经济学类管理学类专业主干课程系列教材）

ISBN 978 - 7 - 81123 - 867 - 9

Ⅰ. ① 基…　Ⅱ. ① 杨…　② 高…　③ 赵　Ⅲ. ① 会计学 - 教材　Ⅳ. ① F230

中国版本图书馆 CIP 数据核字（2009）第 201867 号

责任编辑：郭东青

出版发行：清 华 大 学 出 版 社　　邮编：100084　　电话：010 - 62776969
　　　　　北京交通大学出版社　　邮编：100044　　电话：010 - 51686414

印 刷 者：北京交大印刷厂

经　　销：全国新华书店

开　　本：185×230　　印张：14.75　　字数：330 千字

版　　次：2011 年 1 月第 1 版　　2011 年 1 月第 1 次印刷

书　　号：ISBN 978 - 7 - 81123 - 867 - 9/F · 529

印　　数：1～4 000 册　　定价：23.00 元

本书如有质量问题，请向北京交通大学出版社质监组反映。对您的意见和批评，我们表示欢迎和感谢。

投诉电话：010 - 51686043，51686008；传真：010 - 62225406；E-mail：press@bjtu. edu. cn。

前　言

　　"基础会计"是经济类专业必修的一门专业主干课程,它是一门实践性和操作性很强的学科。现在大专院校会计专业普遍存在这样的现象:教师讲授辛苦,学生学习辛苦,效果却不尽如人意。因此,运用科学、合理、有效的方法和手段,不断提高模拟实习的水平,形成课程整体优化研究与实践教学相结合的体系,以帮助学生更好地掌握理论知识,是每一位会计专业教师一直研究和探讨的问题。

　　本书在综合考虑会计基础课程教学课时的前提下,以东方机械制造有限责任公司 2010 年发生的经济业务为模拟对象,对填制和审核会计凭证、登记账簿、对账、结账和编制会计报表等基本会计核算的全过程进行仿真实训。以强化学生对基本理论的理解、基本方法的运用和基本技能的训练,使其将专业理论和会计实务紧密结合起来,为进一步的专业知识学习打下坚实的基础。

　　本书模拟手工会计工作环境,列示了实习的组织过程、实习的内容和流程、实习所需的凭证账表及其填制方式、实习单位的期初数据和原始凭证、实习操作结果及实习报告的写作格式和评分标准。并附有会计基础工作规范供学生阅读和参考。

　　本书由杨玉红、高春莲、赵德芳担任主编,张冬艳、刘孟涛参加编写,全书由杨玉红负责大纲拟定、书稿总纂和最后定稿。

　　本书既适高等院校会计学、理财学和企业管理等专业的实训用书,也适合"会计学基础"的其他专业学生使用。

编　者
2011 年 1 月

目　　录

◇ 第一章

总　论

　　基础会计模拟实习可以描述为：通过模拟企业一定时期的经济业务，由学生以一个会计的身份使用真实的会计凭证、会计账簿、会计报表，并按照《企业会计准则》和《企业会计制度》的要求进行会计业务模拟实务演练。通过模拟实习，学生不仅能够比较容易地了解会计信息的常用载体——账、表、证本身的功能和相互之间的对应关系，而且能够比较容易地掌握一般账务处理的程序和规范，是使会计理论与实践相结合，培养会计人才的有效途径之一。

第一节　会计模拟实习概述

　　会计学科有很强的应用性的特点，而传统会计教学通常采用"文字表达经济业务，丁字账户讲解会计处理"的教学模式，偏重理论传授，实践相对较少。为培养会计专业学生运用会计理论和方法来解决实际会计业务问题的能力，开展会计模拟实习是会计学科教学中的客观需要。

一、会计实习教学的形式

在日常的会计教学中，会计实习主要有下面几种教学方式。

（一）组织学生进行假期社会实践调查

假期社会实践调查是促使学生认识社会、了解社会、适应社会的有效形式，根据会计专业特点，会计学院都会充分利用每个假期有针对性地安排不同年级的学生进行不同内容和要求的社会调查，如第一个假期以"了解社会，从家乡起"为社会调查的主题，第三个假期以"专业与现实"为题进行社会实践活动，等等。

（二）参观见习

为了使会计学院学生对所学专业理论知识有直观的感性认识，一般学校都会根据所开设的课程进度，有针对性地选择一定的参观对象和特定的参观内容，组织学生利用课余时间参观见习，具体做法是：首先由任课教师提出参观的内容、时间和对象；其次，组织相关教师组成学生参观见习指导小组，负责联系和组织工作；再次，由参观见习指导小组对学生进行参观见习动员，内容包括参观的对象、目的、时间、注意事项、要求等。最后，带队进行参观见习。

（三）专业实习

学生通过部分专业理论课的学习，已基本掌握了一定的专业知识，此时组织专业实习不但可以巩固学生对所学理论知识的理解、吸收和掌握，而且还有助于学生将理论知识贯穿于社会实践当中，提高学生的动手能力。假期学校要求学生根据所开设的专业课的情况指定实习的内容并设计制定出相应的实践调查表，安排学生结合自己的实际进行专业实习，安排教师及时跟踪了解学生的实习情况，并负责指导。回校后要求学生根据实习情况写出有一定质量的实习论文或调查报告。

（四）会计模拟实习

"基础会计学"是经济类专业必修的一门专业主干基础课程，根据该门课程有较强的实践性但又比较抽象的特点，为了帮助学生更好地掌握理论知识，加强实践教学和学生动手能力的培养，会计学院一般设有一个仿真的环境组织学生进行会计模拟实习。这种实习使学生能接触到真实的经济业务，并采用全真的证、账、表进行账务处理，把真实的会计业务搬进课堂。通过实习，使学生能胜任基本的会计工作，加深了对会计理论知识的理解。

二、会计模拟实习的产生和发展

在 20 世纪 80 年代前，各财经类院校更注重上述前三种教学方式，而参观见习和专业实习这种各院校在强化"会计原理"和"专业会计"的作业练习的同时，着重把目光盯向企事业单位，试图通过和企事业单位合作，让在校学生进行校外实习来克服课堂理论教学与实践相脱节的状况的方式，虽然让学生参与了实践，有助于加强学生对会计理论和会计实务内在联系的认识。但由于种种条件的限制，使得校外学习很难取得令人满意的效果。实习目标和实习任务很难按质按量按设计要求完成，主要是因为会计工作环境不适合于同场集中实习；会计工作的严肃性，决定了校外实习不能给学生提供动手操作的机会；会计工作的政策性、连续性及时间性特点，决定了校外实习不可能全面接触了解各类型的经济业务及各个时期的不同账务处理技能；实习经费投入不足等诸多因素影响了实习效果。显然，这与实际需要培养专业会计人才强化实践、增强技能的要求是相背离的。会计工作有其共同点：具有直观、明确、具体的业务范围，其反映和监督的内容是企事业单位的资金及其运动过程，根据自然科学中的仿真原理（即根据事物在其特定环境中的特征和运动过程，建立与原型相似的模型，通过对模型的实习来探索原型的机理和规律性），进行室内会计模拟实习教学的构想和实践便应运而生。如首都经贸大学在 20 世纪 80 年代后期以一个加工面包和饼干的食品企业为例编制的会计原理模拟实习教材，是当时具有代表性的会计模拟实习教程。20世纪90年代会计模拟实习室在一些院校开始相继建立，如1992年辽宁大学建立了我国第一个会计模拟实习室；1993年中南财经大学、山东工商学院等相继建立了自己的会计模拟实习室。通过近二十年的发展，现在绝大部分的专业院校都有自己的会计模拟实习室供学生实习，并且在市场上可供选择的会计模拟实习教材也比比皆是，各具特色。

三、会计模拟实习的含义和基本特征

会计工作具有直观、明确、具体的业务范围，其反映和监督的内容是企事业单位的资金及其运动过程。而资金的具体运动过程总会表现为各种各样的经济业务或会计事项，为了分门别类地正确反映和监督各项经济业务，通常是以填制会计凭证、设置账户、登记账簿、成本计算和编制会计报表等专门方法为载体，对其进行确认、计量、记录和报告。

各种会计方法、会计事项及其与之相联系的会计工作的内部和外部环境，都可以通过模拟、加工、改制等手段进行重新塑造，并以基本而纯粹的形态表现于某一特定的实习环境中，即会计模拟实习室。这种会计模拟实习，既不同于传统的会计理论教学，又不同于校外专业实习，它是理论教学与校外实习相结合的复合体，它具有以下特征。

（一）会计模拟实习具有模型化的实践性

会计模拟实习，就是将模拟对象模型化，通过模拟其生产经营过程让学生在其中进行会计活动，从而掌握会计理论和熟悉会计操作技能。在这种模拟环境中，学生根据实习内容的要求，自己动手，根据经济业务填制原始凭证，编制记账凭证，登记账簿，计算成本，编制会计报表，编写财务报告，进行财务分析，仿佛置身于实际单位的财务部门一样。这就使他们对会计工作的全貌有了清晰直观的了解，既培养了动手能力，又加深了对会计基础理论和会计工作内在联系的深刻认识。这种实践效果，校外实习是无法与之比拟的。

（二）会计模拟实习具有很强的可塑性

在会计模拟实习特别是在一些专题会计实习中，可塑性强的特点更趋明显。比如，为了使学生获得对"企业亏损"这一经济现象的直观认识，只要在设计或选择经济业务时，可人为地制造"支大于收"这一条件，就可以实现核算结果出现亏损。而在校外实习，既不能为了实习而让企业发生亏损，也不能等到企业发生亏损时再去学习。设定条件不同，所得结果也不一样。这样，就可以方便地按照预定的实习目的，进行不同的模拟演练。

（三）会计模拟具有纯化环境的过程

对会计模拟对象的简化或纯化过程，包括两个方面内容：一是纯化会计环境，即把会计从社会外部和企业内部复杂的联系中简化出来，使在实习中必须保留的联系，仅仅是为了实习目的而存在；二是简化会计过程，即把握实习内容，缩短会计过程，以便在较短的时间内实现对会计过程的全面认识。在实习室里进行会计模拟实习，完全可以对模拟原型单位的会计事项进行加工、改制、提炼、减化，缩短其会计核算过程。这样，在较短的时间内，就可

以对会计核算的全过程进行全面且深入的认识。

四、会计模拟实习室的运行

会计模拟实习可以如下分类。

1. 根据学习阶段的不同划分

对于在不同学习阶段的财会专业的学生，可以进行不同的会计模拟实习，如基础会计实习、财会模拟实习、电算化模拟实习、成本会计模拟实习、审计学模拟实习、综合实习，等等。

2. 根据实习的不同组织运作方式划分

根据实习的不同组织运作方式，可以分为专项模拟实习和手工模拟实习、电算化模拟实习和综合实习。

（1）专项模拟实习。

按其实习内容和目的不同又分为单项实习和专题实习。

① 单项实习，即以理论教学的章节为实习单位，按理论教学进度分阶段组织实习。如货币资金核算实习、固定资产核算实习、产品成本核算实习、编制会计报表实习等。

② 专题实习，即以经济发展过程中出现的新的会计业务为对象，及时地加以总结，设计和选择具有代表性的实习资料，形成专题实习内容，如以责任会计、标准成本会计等为内容的专题实习。

（2）手工模拟实习。

手工模拟实习的建设比较简单，成本也较低。目前，各大院校会计专业基本都有自己的会计手工模拟实习，其效果也比较理想。手工模拟实习一般步骤如下。

① 明确实习目标。

实习目标是指会计模拟实习能够达到的目的。如通过实习能够系统、全面地掌握会计准则及会计核算方法，加强对会计理论的理解、会计基本方法的运用，将会计专业知识与会计实务紧密结合起来等。

② 制定实习要求。

实习要求是对实习所要达到的目标所做的具体规定。如掌握实习企业的概况、会计政策、会计核算方法，掌握原始凭证的填制，掌握记账凭证的填制，掌握账簿（包括明细账和总账）的登记，掌握成本核算方法，掌握会计报表的编制等。

③ 确定实习方式。

实习方式是指在实习过程中所采用的具体方法。如由某个学生单独完成或由学生以4人或者3人一组的形式分组完成等。

④ 选择实习内容及范围。

● 实习内容——会计业务处理。

◆ 填制原始凭证。按自印教材所附空白凭证，指导教师自编业务资料让学生填制原始凭证。

◆ 填制记账凭证。分类记账凭证填制、记账凭证不分类，通用编号，原始凭证按规范粘贴并装订成册。

◆ 登记会计账簿。登记日记账，包括现金日记账、银行存款日记账登记；登记明细账，按不同账户要求，分别采用三栏式、数量金额式、多栏式明细账页进行登记；登记总分类账，采用科目汇总表核算形式编制科目汇总表，登记总分类账。

◆ 业务汇总核算。如货币资金核算、材料核算、固定资产核算、职工薪酬核算、产品成本核算等。

◆ 会计报表的编制。如资产负债表、利润表、现金流量表的编制等。

◆ 实习资料装订。在实习结束时，将会计凭证按编号排列，折叠整齐，加具封面，装订成册。同时，还需将活页账簿及会计报表按实习要求分别加具封面，装订成册。

● 实习范围——模拟企业资料。

◆ 模拟企业概况及核算办法。

◆ 模拟企业生产流程。

◆ 模拟企业记账流程。

◆ 模拟企业前期及本期的会计资料。

（3）会计电算化模拟实习。

会计电算化是把电子计算机和现代数据处理技术应用到会计工作中的简称，是用电子计算机代替人工记账、算账和报账，以及部分代替人脑完成对会计信息的分析、预测、决策的过程，其目的是提高企业财会管理水平和经济效益，从而实现会计工作的现代化。

狭义的会计电算化是指以电子计算机为主体的信息技术在会计工作中的应用，具体而言，就是利用会计软件，指挥在各种计算机设备替代手工完成或在手工条件下很难完成的会计工作过程。

广义的会计电算化是指与会计电算化有关的所有工作，包括会计电算化软件的开发与应用、会计电算化人才的培训、会计电算化的宏观规划、会计电算化制度建设、会计电算化软件市场的培育与发展等。

会计电算化模拟实习是在熟悉手工记账的基础上进行的利用会计软件所作的记账工作，是狭义的会计电算化。实习内容与手工记账相同。

五、指导教师

指导教师是指对会计模拟实习的整个流程进行全面辅导的教师。指导教师不仅应具有一定的专业理论知识，而且对会计业务非常熟悉。另外，还可聘请企事业单位财务主管进行现场技术指导，以加深学生对模拟实习的印象。

指导教师主要指导学生操作的过程，操作的方法，按记账凭证填制、汇总记账凭证编制、登记账簿、编制报表的顺序。

对于指导教师应要求指导次数不应少于多少次，或总指导学时不应低于多少学时，等等。指导教师应特别注意保证学生会计模拟实习的真实性，认真检查学生操作的每一个环节。最后根据每个学生的模拟实习情况给出相应的成绩。

第二节　基础会计模拟实习

基础会计模拟实习一般采用的手工模拟综合实习方法，安排在《基础会计》课程结束前两个星期，以某工业企业某月的经济业务为例，按照会计核算程序进行系统的综合训练。其内容如下。

一、制定实习目的

通过实习能够比较全面地了解会计准则、会计制度及会计核算方法，加强学生对基础会计理论的理解和会计基本方法的运用，强化会计基本技能的训练和会计职业习惯的养成，将会计理论知识与会计实务紧密结合起来，把抽象、复杂的理论通过具体、有形的载体表现出来，可以增强学生继续深造专业课的兴趣和欲望，提高学生学习的积极性。

二、实习基础

（一）会计书写规范要求

会计书写的内容主要有阿拉伯数字的书写、数字中文大写及汉字书写等。会计书写基本规范有：正确、规范、清晰、整洁。

1. 正确

它是指对经济业务发生的过程中的数字和文字进行准确、完整的记载。是会计书写的最基本的规范要求。

2. 规范

指记载各项经济业务的书写必须符合财经法规和会计制度的各项规定。从记账、核算、分析，到编制财务报告，都力求书写规范，文字表述精辟，同时要严格按书写格式写。

3. 清晰

指书写字迹清楚，容易辨认，账目条理清晰，使人一目了然。

4. 整洁

指无论凭证、账簿、报表，必须干净、清洁、整齐分明，无参差不齐及涂改现象。

（二）会计阿拉伯数字书写规范

（1）每个数字要大小匀称，笔画流畅；每个数码独立有形，使人一目了然，不能连笔书写。

（2）书写排列有序且字体要自右上方向左下方倾斜地写（数字与底线通常成 60 度的

倾斜）。

（3）书写的每个数字要贴紧底线，但上不可顶格。一般每个格内数字占 1/2 以下的位置，要为更正数字留有余地。

（4）会计数码书写时，应从左至右，笔画顺序是自上而下，先左后右，防止写倒笔字。

（5）同行的相邻数字之间要空出半个阿拉伯数字的位置，但也不可预留间隔（以不能增加数字为好）。

（6）除"4"、"5"以外的数字，必须一笔写成，不能人为地增加数字的笔画。

（7）"6"字要比一般数字向右上方长出 1/4，"7"和"9"字要向左下方（过底线）长出 1/4。

（8）对于易混淆且笔顺相近的数字，在书写时，尽可能地按标准字体书写，区分笔顺，避免混同，以防涂改。例如，"1"不可写得过短，要保持倾斜度，这样可防止改写为"4"、"6"、"7"、"9"；书写"6"时要顶满格子，下圆要明显，以防止改写为"8"；"7"、"9"两字的落笔可延伸到底线下面；"6"、"8"、"9"、"0"的圆必须封口。

（三）中文大写数字规范

不管是阿拉伯数字（1、2、3……），还是所谓汉字小写数码（一、二、三……），由于笔画简单，容易被涂改伪篡，所以一般文书和商业财务票据上的数字都要采用汉字大写数码：壹、贰、叁、肆、伍、陆、柒、捌、玖、拾、佰、仟、万、亿、元（圆）、角、分、零、整。如"3564 元"写作"叁仟伍佰陆拾肆元整"。这些汉字的产生是很早的，用作大写数字，属于假借。数字的这种繁化写法，早在唐代就已经全面地使用了，后来逐步地规范化成一套"大写数码"。在中文大写数字中要求有以下三方面。

（1）要以正楷或行书字体书写，不能连笔。

（2）不允许使用未经国务院公布的简化字或谐音字。

（3）字体要各自成形，大小匀称，排列整齐，字迹要工整清晰。

三、实习内容

（1）掌握实习企业的概况；

（2）建账并登记期初余额；

（3）填制和审核记账凭证，记账凭证不分类，通用编号，原始凭证按规范粘贴并装订成册；

（4）编制科目汇总表，月末根据记账凭证编制一张科目汇总表；

（5）登记会计账簿：登记现金日记账一本，银行存款日记账一本；按不同账户要求，分别采用三栏式、数量金额式、多栏式明细账页登记明细账；采用科目汇总表核算形式，根据一张科目汇总表登记总账；

（6）财务报告的编制；

（7）装订会计档案、装订记账凭证和明细账。

四、成绩鉴定

成绩鉴定由 9 个部分组成：

(1) 实习考勤（15 分）；

(2) 建立账簿，登记期初余额（10 分）；

(3) 填制和审核记账凭证（25 分）；

(4) 登记明细账簿并结出余额（20 分）；

(5) 编制科目汇总表（5 分）；

(6) 登记总分类账并结出余额（5 分）；

(7) 编制试算平衡表（5 分）；

(8) 编制会计报表（10 分）；

(9) 装订会计档案（5 分）。

实习的成绩鉴定分为优（90～100 分）、良（80～89 分）、中（70～79 分）、及格（60～69 分）、不及格（60 分以下）五个档次。

第二章

会计凭证示例

　　会计凭证是记录实际发生的经济业务，明确经济责任的书面证明，是登记账簿的依据。《会计准则》中明确规定：会计核算应当以实际发生的交易或事项为依据，如实反映符合确认和计量要求的各项会计要素及其他相关信息，保证会计信息真实可靠、内容完整。企业在处理任何一项经济业务时，都必须及时取得或填制真实准确的书面证明。通过书面形式明确记载经济业务发生或完成时的时间、内容、涉及的有关单位和经办人员的签章，以此来保证账簿记录的真实性和正确性，并确定对此所承担的法律上和经济上的责任。填制和审核会计凭证是进行会计核算的一种专门方法，也是会计核算的起始环节。

第一节　原　始　凭　证

　　原始凭证是在经济业务发生时取得或填制，载明经济业务具体内容和完成情况的书面说明。它是进行会计核算的原始资料和主要依据。

一、原始凭证填制关键内容提示

　　原始凭证按其来源不同，可分为自制原始凭证和外来原始凭证两种。在模拟实习过程中，原始凭证的填制与审核是一个非常关键的环节。原始凭证的填制大部分是由各单位业务经办人员根据规定的基本要求和格式、内容直接填制，如收料单、领料单、出库单、入库单、限额领料单、材料费用汇总表、职工薪酬汇总表、制造费用分配表、销售发票、收据、支票等。在进行模拟实习的过程中，学生必须了解有哪些常见的原始凭证，这些原始凭证应该是一式几联，如何填制。具体填制要求和方法可参照教材内容要求。

二、原始凭证的审核要领

　　原始凭证必须经过审核，才能作为记账凭证，这是保证会计记录真实和正确、充分发挥会计监督作用的重要环节。所以，原始凭证的审核是一项严肃、细致的工作，必须认真执行。审核原始凭证主要应从以下几方面进行。

（一）审核原始凭证的真实性

审核原始凭证的内容是否符合经济业务的实际情况，有无弄虚作假、营私舞弊、伪造涂改等行为。

（二）审核原始凭证的完整性

审核原始凭证的内容是否完备，应填写的项目是否填写齐全，有关经办人员是否都已签署审批意见等。

（三）审核原始凭证的正确性审核

审核原始凭证的摘要和数字是否填写清楚、正确，数量、单位、金额、合计数等有无差错，大写与小写金额是否相符、正确等。

（四）审核原始凭证的合理合法性

审核原始凭证中反映的经济业务内容，是否符合国家有关方针、政策、法令、制度及计划与合同的规定，是否符合审批权限和审批手续，有无滥用职权、违法乱纪、不遵守制度、不执行计划、违反经济合同及贪污浪费等情况。

原始凭证的审核，对符合要求的，应及时办理会计手续，然后据以编制记账凭证和登记账户；对记载不正确、不完整、不符合规定的，应退还有关部门或人员补充或更正；对伪造、涂改或经济业务不合法的凭证，会计人员应拒绝受理，并及时上报领导处理。

三、常见外来原始凭证示例

（一）现金支票

1. 现金支票样本

现金支票用于支取现金，它可以由存款人签发用于到银行为本单位提取现金，也可以签发给其他单位和个人，用来办理结算或者委托银行代为支付现金给收款人。现金支票的内容有：付款单位的账号和开户银行、密码；收款单位的名称；款项金额；款项用途；签发日期；付款单位签章；背书及背书日期。现金支票样本如图表 2-1 和图表 2-2 所示。

图表 2-1

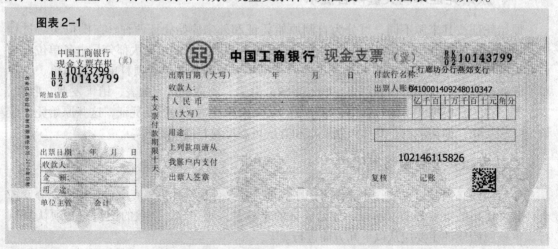

图表2-2

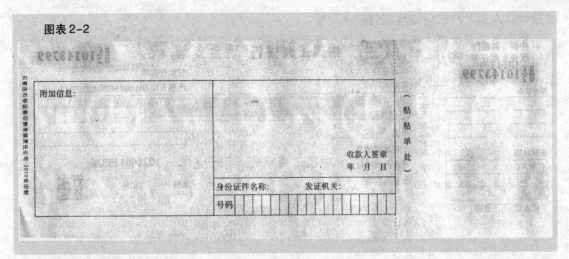

2. 现金支票填写要求

（1）必须使用钢笔，用碳素墨水或蓝黑墨水按支票排定的号码顺序填写，书写要认真，不能潦草，也不能用蓝墨水，更不能用红墨水填写。

（2）签发日期应填写实际出票日期，不得补填或预填日期；数字必须大写并且在填写月、日时，若月份为1至10月，日为1至10日、20日、30日，应在其前面加零，以防涂改。如1月16日，应写为"零壹月壹拾陆日"，5月20日，应写为"零伍月零贰拾日"。

（3）收款人名称填写应与预留印鉴名称保持一致。

（4）大小写金额必须按规定书写，如有错误，不得更改，须作废重填；另外，在大小写金额前应填写货币符号，如人民币用"￥"，美元用"＄"等。

（5）用途栏应填清真实用途。

（6）"签收单位名称"栏应填写清楚。签发单位签章处应按预留印鉴分别签章，即"企业财务专用章"和"法人代表章"或"企业财务主管人名章"，缺漏签章或签章不符时银行不予受理。存根联下端的"收款人签收年 月 日"栏，由收到支票的人员填写或签章。

（7）支票背面要由取款单位或取款人背书（即签章），并核对无误后送交给银行结算柜，然后银行发牌作为取款对号的证明，到出纳柜对号取款。

（8）作废的支票，不得撕掉，应由签发单位自行注销，与存根在一起注意保管，在结清销户时，连同未用空白支票一并缴还银行。

（9）取款时要按支票上填写的金额当面清点现金。

（10）现金支票为一联，将填写正确的支票沿虚线撕开后，持正本向银行提取现金，存根作为企业记账的依据。

（二）转账支票

1. 转账支票样本

当客户不用现金支付收款人的款项时，可签发转账支票，自己到开户银行或将转账支票交给收款人到开户银行办理支付款项手续。

　　转账支票是出票人签发的、委托办理支票存款业务的银行在见票时无条件支付确定的金额给收款人或持票人的票据；在银行开立存款账户的单位和个人客户，用于同城交易的各种款项，均可签发转账支票，委托开户银行办理付款手续。转账支票只能用于转账，不能用于提取现金。转账支票样本的正面和背面分别如图表2-3和图表2-4所示。

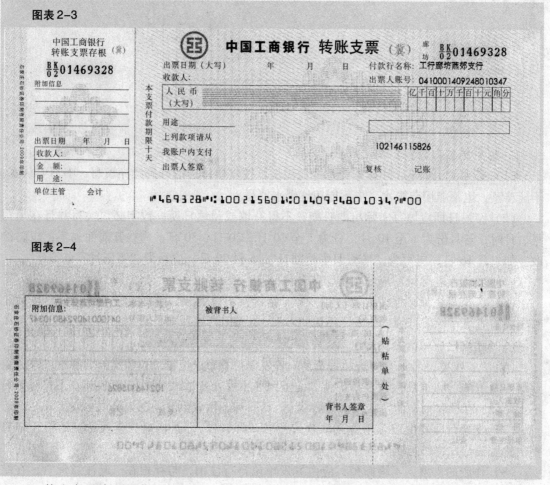

图表2-3

图表2-4

　　2. 转账支票填写要求

　　（1）单位应在开户银行余额内签发支票，每张支票的金额不能低于规定的起点。

　　（2）转账支票只能用于转账，不能提取现金。

　　（3）必须使用钢笔，用碳素墨水或蓝黑墨水按支票排定的号码顺序填写，书写要认真，不能潦草，也不能用蓝墨水，更不能用红墨水填写。

　　（4）签发日期应填写实际出票日期，不得补填或预填日期；数字必须大写并且在填写月、日时，若月份为1至10月，日为1至10日、20日、30日，应在其前面加零，以防涂改。如 1 月 16 日，应写为"零壹月壹拾陆日"，5 月 20 日，应写为"零伍月零贰拾日"。

（5）大小写金额必须按规定书写，如有错误，不得更改，须作废重填；另外，在大小写金额前应填写货币符号，如人民币用"￥"，美元用"＄"等。

（6）用途栏应填清真实用途。

（7）"签收单位名称"栏应填写清楚。签发单位签章处应按预留印鉴分别签章，即"企业财务专用章"和"法人代表章"或"企业财务主管人名章"，缺漏签章或签章不符时银行不预受理。存根联下端的"收款人签收年 月 日"栏，由收到支票的人员填写或签章。

（8）支票一律记名。中国人民银行总行批准的地区的转账支票可以背书转让。

支票付款期为 5 天（背书转让地区的转账支票付款期为 10 天。从签发的次日算起，到期日遇节假日顺延）。

（9）作废的支票，不得撕掉，应由签发单位自行注销，与存根在一起注意保管，在结清销户时，连同未用空白支票一并缴还银行。

（10）已签发的转账支票遗失，银行不受理挂失，可请求收款人协助防范。

（11）转账支票为一联，将填写正确的支票沿虚线撕开后，持正本向银行提取现金，存根作为企业记账的依据。

（三）增值税专用发票

1. 增值税专用发票样本

增值税专用发票是由国家税务总局监制设计印制的，只限于增值税一般纳税人领购使用，既作为纳税人反映经济活动中的重要会计凭证，又是兼记销货方纳税义务和购货方进项税额的合法证明；是增值税计算和管理中重要的、决定性的、合法的专用发票。增值税专用发票样本如图表 2-5 所示。

图表 2-5

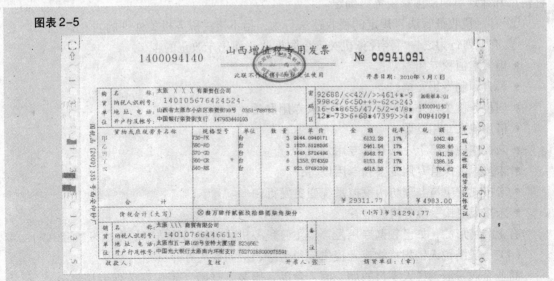

2. 增值税专用发票每联的用途

第一联为记账联。记账联是销货方的记账凭证，此联最终去向是销货单位作为销售产品的原始凭证入账。

第二联为抵扣联。抵扣联是购货单位的扣税凭证，此联最终去向是由购货单位交给税务局进行抵扣。

第三联为发票联。发票联是购货单位的记账凭证，此联最终去向是购货单位作为购买物品的原始凭证入账。

3. 增值税专用发票使用规定

（1）一般纳税人应通过增值税防伪税控系统（以下简称防伪税控系统）使用专用发票。使用包括领购、开具、缴销、认证纸质专用发票及其相应的数据电文。

本规定所称防伪税控系统，是指经国务院同意推行的，使用专用设备和通用设备、运用数字密码和电子存储技术管理专用发票的计算机管理系统。

本规定所称专用设备，是指金税卡、IC 卡、读卡器和其他设备。

本规定所称通用设备，是指计算机、打印机、扫描器具和其他设备。

（2）最高开票限额由一般纳税人申请，税务机关依法审批。最高开票限额为十万元及以下的，由区县级税务机关审批；最高开票限额为一百万元的，由地市级税务机关审批；最高开票限额为一千万元及以上的，由省级税务机关审批。防伪税控系统的具体发行工作由区县级税务机关负责。

（3）一般纳税人有下列情形之一的，不得领购开具专用发票。

① 会计核算不健全，不能向税务机关准确提供增值税销项税额、进项税额、应纳税额数据及其他有关增值税税务资料的。上列其他有关增值税税务资料的内容，由省、自治区、直辖市和计划单列市国家税务局确定。

② 有《税收征管法》规定的税收违法行为，拒不接受税务机关处理的。

③ 有下列行为之一，经税务机关责令限期改正而仍未改正的：

● 虚开增值税专用发票；

● 私自印制专用发票；

● 向税务机关以外的单位和个人买取专用发票；

● 借用他人专用发票；

● 未按本规定第十一条开具专用发票；

● 未按规定保管专用发票和专用设备；

● 未按规定申请办理防伪税控系统变更发行；

● 未按规定接受税务机关检查。

有上列情形的，如已领购专用发票，主管税务机关应暂扣其结存的专用发票和 IC 卡。

（4）一般纳税人销售货物或者提供应税劳务，应向购买方开具专用发票。

商业企业一般纳税人零售的烟、酒、食品、服装、鞋帽（不包括劳保专用部分）、化妆品等消费品不得开具专用发票。

增值税小规模纳税人（以下简称小规模纳税人）需要开具专用发票的，可向主管税务机关申请代开。

销售免税货物不得开具专用发票，法律、法规及国家税务总局另有规定的除外。

（5）专用发票应按下列要求开具：

① 项目齐全，与实际交易相符；

② 字迹清楚，不得压线、错格；

③ 发票联和抵扣联加盖财务专用章或者发票专用章；

④ 按照增值税纳税义务的发生时间开具。

（6）一般纳税人在开具专用发票当月，发生销货退回、开票有误等情形，收到退回的发票联、抵扣联符合作废条件的，按作废处理；开具时发现有误的，可即时作废。

作废专用发票须在防伪税控系统中将相应的数据电文按"作废"处理，在纸质专用发票（含未打印的专用发票）各联次上注明"作废"字样，全联次留存。

（7）一般纳税人开具专用发票应在增值税纳税申报期内向主管税务机关报税，在申报所属月份内可分次向主管税务机关报税。

本规定所称报税，是指纳税人持 IC 卡或者 IC 卡和软盘向税务机关报送开票数据电文。

（四）普通发票

1. 普通发票样本

增值税纳税人使用的发票由国家税务局管理，分为普通发票和增值税专用发票两大类，小规模纳税人不得领购、使用增值税专用发票，只能使用普通发票。普通发票的基本联次为三联。第一联为存根联，开票方留存备查；第二联为发票联，收执方作为付款的原始凭证；第三联为记账联，开票方作为记账的原始凭证。用票单位如有需要，可以向税务机关提出申请，要求增减联数，得到税务机关批准后，方可实行。普通发票样本如图表 2-6 所示。

2. 普通发票的使用要求

用票单位要建立健全普通发票管理制度，对普通发票应选择政治业务素质较高的工作人员负责管理，专人保管，并要有防盗、防霉、防湿、防火等设施，同时按规定建立健全领用存双面账，以明确各自责任。

填开普通发票要如实填写，不得弄虚作假，不得填开发票使用业务范围以外的其他业务项目；发票一式各联必须一次复写，不得涂改，不得拆份填开，票面要字迹清晰，保持整洁；填写内容详细齐全，大小写金额必须相符，填开后要加盖填写经办人印章和填开单位财务业务专用章；不准代其他单位和个人填开发票；不准填开未经税务机关准许的其他单位的发票；不准填开白条子等非法凭证代替发票；不准填开收款收据代替发票使用；不准盗用其他单位发票；付款单位或个人索要发票，不得拒绝填开。

普通发票仅限于用票单位自己使用，不得带到本县（市）以外地方填开。用票单位应按规定填开、取得、印刷、使用、保管发票；不得擅自出售、销毁发票；不得伪造、涂改、转让、撕毁、丢失发票。用票单位对填开错的发票，应完整保存其各联，不得私自销毁；对丢失发票，应及时报告税务机关处理。

图表2-6

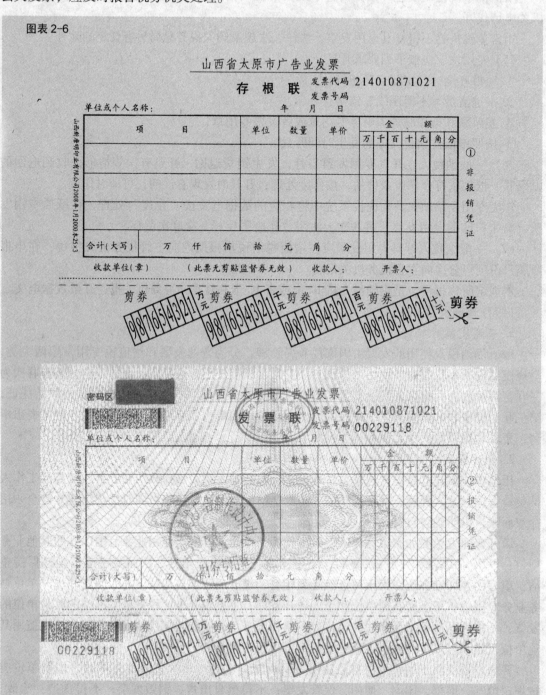

第二节 记账凭证

记账凭证是会计人员根据审核后的原始凭证，按照经济业务的内容加以归类，并据以确定会计分录而填制的作为登记账簿依据的会计凭证。

一、填制记账凭证关键内容提示

记账凭证的格式很多，但每一份据以记账的记账凭证必须具备以下基本内容。

（一）凭证的名称

即收款凭证、付款凭证、转账凭证或记账凭证。当记账凭证有收、付、转三种格式时，常预印为三种不同的颜色。这样，使用时不易出错，也便于汇总。

（二）填制日期

记账凭证是根据原始凭证填制的，原始凭证的日期不一定就是记账凭证的填制日期。原始凭证的日期是经济业务发生的日期、原始凭证编制的日期或月末日期，记账凭证的日期一般是填制记账凭证当天的日期，也可以填写经济业务发生的日期或月末日期，视管理需要处理。记账凭证的填制日期，具体地体现着会计工作中对当期会计事项与非当期会计事项的划分，有着重要的意义。

（三）经济业务内容摘要

摘要栏填写经济业务的简要内容，文字应简明扼要，但应说明主要内容。收款付款业务应写明收款人、付款人及收、付款项的原因，摘要力求简明清晰。

（四）会计科目名称

会计科目名称不得简写或只写科目编号不写科目名称。要写明一级科目、二级科目甚至三级科目，以便于登记总分类账和明细分类账。内容不同、类型不同的经济业务应分别编制记账凭证，不得合并。否则，会造成经济业务内容不清，会计科目对照关系不明确，也为摘要填写造成了障碍。

（五）金额

金额栏应根据账户名称和方向填写。

（六）所附原始凭证的张数

每一份记账凭证均附有原始凭证。所附的原始凭证可能有一次原始凭证、累计原始凭证和汇总原始凭证。计算张数时，有两种方法。一是按所附原始凭证的自然张数计算；二是按构成记账凭证金额的原始凭证张数计算。转账凭证所附原始凭证中有汇总表时，均以汇总表的张数计算，并在汇总表中注明汇总表附件的张数。当几份记账凭证均涉及同一原始凭证时，应将原始凭证附于主要的一份记账凭证后，在摘要栏中注明"本凭证附件包括××号记账凭证业务"字样。在其他非主要记账凭证中注明"原始凭证附在××号记账凭证后面"。所附原始凭证的张数填列于记账凭证中，可以防止凭证的散失，万一发生散失时，也便于查找或补充。

（七）有关责任人签名或盖章

签章包括制证人、复核人、会计主管、记账人签章。收、付款凭证还包括出纳签章。签章是分清责任的需要。复核人签章，应在确实复核之后，目的在于保证会计凭证编制的正确性。签章还有利于内部牵制，防止错弊的发生。任何人员的签章均应在审核记账凭证无误之后进行。

（八）凭证编号

记账凭证按月编制统一的序号。编号的方法有：①分别按现金、银行存款收入，现金、银行存款付出和转账业务三类进行编号；②分别按现金收入、现金付出、银行存款收入、银行存款付出和转账业务五类编号。编号分类（即记账凭证的"字"），便于会计人员分工协作，便于汇总和查错。编号则是对会计凭证进行管理、防止散失的有效方法，更使每项经济业务的原始凭证、记账凭证和账簿记录的核对关系更加清晰。复杂的会计事项，需编制两张或两张以上记账凭证时，应另编分号，即在原编号后另用分数编号。如转 $29\frac{1}{2}$ 即说明：转字第 29 号业务的记账凭证有 2 张（分母），此张为第 1 张（分子）。即分号的分母为该项业务涉及记账凭证的总张数，分子为序号。

二、记账凭证示例

记账凭证是会计人员根据审核无误的原始凭证或原始凭证汇总表填制的，用以确定会计分录，作为直接记账依据的会计凭证。按其格式的不同，又可分为专用记账凭证和通用记账凭证两种。

（一）专用记账凭证示例

专用记账凭证，按其所记录的经济业务内容是否与现金和银行存款的收付有联系，可以再分为收款凭证、付款凭证和转账凭证三种。

1. 收款凭证

收款凭证是用来反映现金或银行存款收入业务的凭证，它根据库存现金和银行存款收入业务的原始凭证编制，是登记现金和银行存款增加及其他有关账簿的依据。收款凭证的格式，如图表 2-7 所示。

2. 付款凭证

付款凭证是用来反映现金或银行存款付出业务的凭证，它根据库存现金和银行存款付出业务的原始凭证编制，是登记现金和银行存款减少及其他有关账簿的依据。付款凭证的格式，如图表 2-8 所示。

图表 2-7

收款凭证

借方科目：银行存款　　　　　　　　　2010 年 12 月 21 日　　　　　　　收字第 2 号

对方单位	摘　要	贷方科目		金　额									记账符号
		总账科目	明细科目	百	十	万	千	百	十	元	角	分	
实达公司	销售商品	主营业务收入	01型设备			3	0	0	0	0	0	0	
		应交税费	增值税(销)				5	1	0	0	0	0	
合　　　计						3	5	1	0	0	0	0	

主管：李芳　　　会计：赵亮　　　记账：　　　　　审核：　　　　　制单：杨柳云

附单：叁张

图表 2-8

付款凭证

贷方科目：库存现金　　　　　　　　　2010 年 12 月 21 日　　　　　　　付字第 2 号

对方单位	摘　要	借方科目		金　额									记账符号
		总账科目	明细科目	百	十	万	千	百	十	元	角	分	
百货超市	购买办公用品	管理费用	办公费				1	2	0	0	0	0	
合　　　计							1	2	0	0	0	0	

主管：李芳　　　会计：赵亮　　　记账：　　　　　审核：　　　　　制单：杨柳云

附单：壹张

3. 转账凭证

转账凭证是用来反映不涉及现金和银行存款收付业务的凭证，它根据有关转账业务的原始凭证编制，是登记现金与银行存款以外的有关账簿的依据。转账凭证的格式，如图表 2-9 所示。

图表 2-9

转账凭证

2010 年 12 月 31 日　　　　转字第 2 号

摘要	总账科目	明细科目	借方金额 百十万千百十元角分	贷方金额 百十万千百十元角分	记账符号
计提本月折旧	制造费用		8 0 0 0 0		
	管理费用		6 0 0 0 0		
	累计折旧			1 4 0 0 0 0	
合　计			1 4 0 0 0 0	1 4 0 0 0 0	

主管：李芳　　会计：赵亮　　记账：　　审核：　　制单：李鹏

附单：壹张

（二）通用记账凭证示例

为了简化凭证种类，记账凭证也可以不分收款、付款和转账三类，而只设一种通用的记账凭证，既可用于反映收、付款业务，又可用于反映转账业务。这种记账凭证的格式如图表 2-10、图表 2-11 和图表 2-12 所示。

图表 2-10

记账凭证

2010 年 12 月 21 日　　　　记字第 2 号

摘要	总账科目	明细科目	借方金额 百十万千百十元角分	贷方金额 百十万千百十元角分	记账符号
销售商品	银行存款		3 5 1 0 0 0		
	主营业务收入	G1 型设备		3 0 0 0 0 0	
	应交税费	增值税(销)		5 1 0 0 0	
				3 5 1 0 0 0	

主管：李芳　　会计：赵亮　　记账：　　审核：　　制单：杨柳云

附单 叁张

图表 2-11

记账凭证

2010 年 12 月 21 日　　　　　　　　　　记字第 3 号

摘　　要·	总账科目	明细科目	借方金额										贷方金额										记账符号
---	---	---	百	十	万	千	百	十	元	角	分	百	十	万	千	百	十	元	角	分	
购买办公用品	管理费用	办公费				1	2	0	0	0	0										
	库存现金														1	2	0	0	0	0	
合　　　　计						1	2	0	0	0	0				1	2	0	0	0	0	

主管: 李芳　　　会计: 赵亮　　　记账:　　　　审核:　　　　制单: 杨柳云

附单 壹 张

图表 2-12

记账凭证

2010 年 12 月 31 日　　　　　　　　　　记字第 32 号

摘　　要	总账科目	明细科目	借方金额										贷方金额										记账符号
---	---	---	百	十	万	千	百	十	元	角	分	百	十	万	千	百	十	元	角	分	
计提本月折旧	制造费用					8	0	0	0	0	0										
	管理费用					6	0	0	0	0	0										
	累计折旧														1	4	0	0	0	0	
合　　　　计						1	4	0	0	0	0				1	4	0	0	0	0	

主管: 李芳　　　会计: 赵亮　　　记账:　　　　审核:　　　　制单: 李鹏

附单: 壹 张

（三）科目汇总表

科目汇总表是根据收款凭证、付款凭证和转账凭证，按照相同的会计科目归类，定期（如每 10 天）汇总填制。科目汇总表既可简化总分类账的登记手续，又能起到全部账户发生额的试算平衡作用，汇总的工作比较简单，但它最大的缺点是无法反映账户的对应关系。科目汇总表的一般格式，如图表 2-13 所示。

图表 2-13

科 目 汇 总 表

2010 年 12 月 11 日至 20 日　　　　　　编号：02

会计科目	借方金额 亿	千	百	十	万	千	百	十	元	角	分	√	贷方金额 亿	千	百	十	万	千	百	十	元	角	分	√
库存现金																	1	0	0	0	0	0		
银行存款				7	7	3	9	4	8	0	0					8	4	9	1	4	2	0	0	
应收账款				1	9	0	1	0	0	0	0													
原材料			1	3	8	7	0	9	0	0	0													
应付账款																	8	1	7	0	0	0	0	
应交税费																		3	8	6	8	0	0	
主营业务收入															1	4	3	0	0	0	0	0	0	
财务费用						4	5	7	2	0	0													
		2	3	6	5	7	1	0	0	0				2	3	6	5	7	1	0	0	0	

会计主管：王永民　　　记账：刘表　　　审核：李鹏　　　制表：赵娜

（四）会计凭证的整理归类

会计部门在记账以后，应定期（一般为每月）将会计凭证加以归类整理，即把记账凭证及其所附的原始凭证，按记账凭证的编号顺序进行整理，在确保记账凭证及其所附的原始凭证完整无缺后，将其折叠整齐，加上封面、封底，装订成册，并在装订线上加贴封签，以防散失和任意拆装。在封面上要注明单位名称、凭证种类、所属年月、起讫日期、起讫号码、凭证张数等。会计主管或指定装订人员要在装订线封签处签名或盖章，然后入档保管。记账凭证封面参看图表2-14所示。

图表2-14

记账凭证封面

年 月 日至 年 月 日 　　　　　编号

共 册 第 册

凭证种类	凭证起讫号码		凭证张数	备注
	自	至		
合 计				

主管： 　　　　　复核： 　　　　　装订：

◇ 第三章

会计账簿示例

　　所谓账簿是指以会计凭证为依据，序时、连续、系统、全面地记录和反映企业、机关和事业等单位经济活动全部过程的簿籍。这种簿籍是由若干具有专门格式，又相互联结的账页组成的。账页一旦标明会计科目，这个账页就成为用来记录该科目所核算内容的账户。会计凭证填制后，按规定会计人员必须根据凭证上所确定的账户名称和登记的内容设置和登记账簿。登记账簿俗称记账，是会计循环的中心环节。

第一节　序 时 账 簿

　　序时账簿，亦称日记账，是按照经济业务发生的时间先后顺序，逐日逐笔登记经济业务的账簿。按其记录内容不同又分为普通日记账和特种日记账两种。

　　普通日记账，是用来登记全部经济业务发生情况的日记账。将每天所发生的全部经济业务，按照业务发生的先后顺序，编制成记账凭证，根据记账凭证逐笔登记到普通日记账中。如企业设置的日记总账就是普通日记账，也称"流水账"。目前企业很少采用。

　　特种日记账，是用来登记某一类经济业务发生情况的日记账。将某一类经济业务，按其发生的先后顺序记入账簿中，反映某一特定项目的详细情况。如各经济单位为了对现金和银行存款加强管理，设置现金日记账和银行存款日记账，来记录库存现金和银行存款的收、付业务。银行存款日记账格式如图表3-1所示。

　　1. 银行存款日记账

　　银行存款日记账的登记方法如下。

　　（1）日期和凭证编号栏是指银行存款实际收、付日期和凭证的种类、号数，以便于查账和核对。如："银行存款收（付）款凭证"简写为"银收（付）"，对于从银行提取现金的收入数，根据银行存款付款凭证登记银行存款日记账。

　　（2）摘要栏是摘要说明入账的经济业务的内容。文字要简练，说明要清楚。

　　（3）收入、支出栏是指现金实际收、支的金额。每日终了，应分别计算银行存款的收

图表 3-1

银行存款日记账

第 10 页

2010年 月	日	凭证编号	摘要	对方科目	收入 亿千百十万千百十元角分	支出 亿千百十万千百十元角分	借或贷	余额 亿千百十万千百十元角分
12	1		月初余额					6 5 7 0 0 0 0
	6		采购材料	原材料		1 1 7 0 0 0 0		5 4 0 0 0 0
	12		收回货款	应收账款	3 5 1 0 0 0 0			8 9 1 0 0 0
			……					

25

入和支出的合计数，结出余额，其计算公式为：

$$日余额 = 上日余额 + 本日收入额 - 本日支出额$$

月终计算银行存款的收入、支出和结存的合计数，通常称为"月结"。

2. 现金日记账

现金日记账的登记方法与银行存款日记账的登记方法和要求基本相同：由出纳员根据审核无误的现金收、付款凭证，按收付业务的先后顺序，逐日逐笔进行登记；每日终了，应分别计算现金收入、付出的合计数，并与库存现金进行核对。

第二节 总分类账

总分类账也称"总账"，是按照总分类账户分类登记全部经济业务的账簿。它能全面、总括地反映经济活动情况，并为编制会计报表提供依据，因此，任何单位都应设置总分类账簿。

总分类账一般采用订本式账簿形式。在总分类账中，应按会计科目的编码顺序分别开设账户。总分类账按一级会计科目设置，只能用货币作为计量单位。总分类账的账页格式一般为三栏式。

总分类账最常用的格式为三栏式，即分为借方金额、贷方金额、余额三栏。总分类账可以按记账凭证逐笔登记，也可以将记账凭证汇总进行登记，还可以根据多栏式日记账在月末汇总登记。总之，其登记方法主要取决于所采用的会计核算形式。总分类账的格式如图表3-2所示。

总分类账账页中各栏目的登记方法如下。

（1）日期栏。在逐日逐笔登记总账的方法下，填写业务发生的具体日期，即记账凭证的日期；在汇总登记总账的方式下，填写汇总凭证（科目汇总表或汇总记账凭证）的日期。

（2）凭证字、号栏。填写登记总账所依据的凭证的字和号。若依据记账凭证，则填写记账凭证的字、号；若依据科目汇总表，则填写"汇"字及其编号；若依据汇总记账凭证，则填写"现（银）汇收"字及其编号、"现（银）汇付"字及其编号和"汇转"字及其编号；若依据多栏式日记账，则填写日记账的简称（如"现收账"、"现支账"）。

（3）摘要栏。填写登记总账所依据的凭证的简要内容。若依据记账凭证，则填写记账凭证中的摘要内容；若依据科目汇总表，则填写"某日至某日汇总"字样；若依据汇总记账凭证，则填写依据第几号至第几号记账凭证而来的；若依据多栏式日记账，则填写日记账的详细名称。

（4）借、贷方金额栏。填写所依据的凭证上记载的各总账账户的借方或贷方发生额。

（5）借或贷栏。登记余额的方向。若余额在借方，则写"借"字；若余额在贷方，则写"贷"字。若期末余额为零，则在"借或贷"栏写"平"字，并在"余额"栏的中间画"—0—"符号。

图表3-2

应收账款总分类账

第 15 页

2010年 月	日	凭证编号	摘要	借方金额 亿千百十万千百十元角分	贷方金额 亿千百十万千百十元角分	借或贷	余额 亿千百十万千百十元角分
12	1		月初余额			借	4468000 00
	10	汇 01	1-10日汇总	3510000 00	3000000 00	借	4978000 00
	20	汇 02	11-20日汇总		2200000 00	借	2778000 00
	31	汇 03	21-31日汇总	234000 00	234000 00	借	2778000 00
	31		本月合计	585000 00	754000 00	借	2778000 00

第三节 明细分类账

明细分类账是按照各个明细账户分类登记经济业务的账簿。根据各单位的实际需要，可以按照二级科目或三级科目开设账户，用来分类、连续地记录有关资产、负债、所有者权益、收入、费用及利润的详细资料，提供编制会计报表所需要的数据。因此，各核算单位在按照总分类科目设置总分类账的同时，还应根据明细分类科目设置明细分类账。

根据经济管理的需要和各明细分类账所记录的内容不同，其格式通常分为三种：三栏式、多栏式和数量金额式。

一、三栏式明细分类账（甲式账）

三栏式明细分类账设有借方、贷方和余额三个栏目，没有数量栏。它适用于只需要反映金额的经济业务，如应收账款、应付账款等。三栏式明细分类账的格式与总分类账的格式基本相同。所不同的是，总分类账为订本账，而三栏式明细分类账簿多为活页账。为了区别总分类账中的三栏式，实际工作中，将明细账中的三栏式称为"甲式账"。其格式与三栏式总分类账基本相同。三栏式明细账的格式如图表3-3所示。

甲式明细账的登记方法如下。

（1）日期栏：登记经济业务发生的具体时间，与记账凭证的日期一致。

（2）凭证字、号栏：登记记账凭证的种类和编号。

（3）摘要栏：登记业务的摘要内容，与记账凭证的摘要内容一致。

（4）借、贷方金额栏：登记账户的借方、贷方发生额。

（5）借或贷栏：登记余额的方向。

（6）余额栏：登记每笔业务发生后该账户的余额。

二、数量金额式明细分类账（乙式账）

数量金额式明细分类账设有收入、发出和结存三大栏，并在每一大栏下设数量、单价和金额三个小栏。它可以反映经济业务的数量和金额，适用于既要金额又要数量的经济业务的核算与管理，如原材料、产成品等。实际工作中将其称为"乙式账"。其格式如图表3-4所示。

乙式账的登记方法如下。

（1）日期栏。登记经济业务发生的具体时间，与原始凭证的日期一致。

（2）凭证字、号栏。登记原始凭证的种类和编号，如收料单（简写"收"）、领料单（简写"领"）、限额领料单（简写"限领"）、入库单（简写"入"）和出库单（简写"出"）。

（3）摘要栏。登记业务的简要内容，文字要简练，要说明问题。

图表 3-3

应收账款明细分类账

明细科目：红光公司

第 15 页

2010年		凭证编号	摘要	借方金额											贷方金额											借或贷	余额										
月	日			亿	千	百	十	万	千	百	十	元	角	分	亿	千	百	十	万	千	百	十	元	角	分		亿	千	百	十	万	千	百	十	元	角	分
12	1		月初余额																							借				2	0	0	0	0	0	0	0
	8	记06	销售产品			3	5	1	0	0	0	0	0													借				5	5	1	0	0	0	0	0
	20	记28	收回货款														2	0	0	0	0	0	0	0	0	借				3	5	1	0	0	0	0	0
	31		本月合计			3	5	1	0	0	0	0	0				2	0	0	0	0	0	0	0	0	借				2	7	7	8	0	0	0	0

图表 3-4

一级科目：材料
材料名称：塑料
材料规格：

原材料明细分类账

第　页
计量单位：千克元
存放地点：
储备定额：

2010年		凭证编号	摘要	收　入			发　出			结　存		
月	日			数量	单价	亿千百十万千百十元角分	数量	单价	亿千百十万千百十元角分	数量	单价	亿千百十万千百十元角分
12	1		月初余额							500	2	1 0 0 0 0 0
	6		车间领用									
	10		购入	4000	2	8 0 0 0 0 0	3000			4500	2	9 0 0 0 0 0
	12		车间领用						6 0 0 0 0 0	1500	2	3 0 0 0 0 0
	31		本月合计	4000	2	8 0 0 0 0 0	3000	2	6 0 0 0 0 0	1500	2	3 0 0 0 0 0

（4）收入、发出和结存栏。数量栏登记实际入、出库和结存的物资数量；收入的单价栏和金额栏登记入库的材料的单位、成本；发出和结存的单价栏和金额栏其登记方法取决于期末存货的计价方法，在月末一次加权平均法下，一个月只在月末登记一次，在存货的其他计价方法下的登记，将在《财务会计》中详细说明。

三、多栏式明细分类账

多栏式明细分类账是根据经济业务的特点和经营管理的需要，在账页上设置若干栏次的账簿。它用于登记明细项目多、借贷方向单一的经济业务，如物资采购、生产成本、制造费用、管理费用、财务费用、营业外支出等明细分类科目。多栏式明细分类账一般采用借方多栏式明细账、贷方多栏式明细账和借贷方多栏式明细账（特种明细账）。

（一）借方多栏式明细账

在账页中设有借方、贷方和余额三个金额栏，并在借方按照明细科目或明细项目分设若干栏目，或者单独开设借方金额分析栏。这种格式适用于借方需要设置多个明细科目的成本类或费用类账户，如"管理费用"、"制造费用"明细账等。管理费用明细账简式如图表3-5所示。

借方多栏式明细账适用于平时只有借方项目发生额，而贷方只在月末发生一次且与借方项目相同账户的明细分类核算。因此，借方多栏式明细账一般为每一明细项目在借方设置一个金额栏，登记该项目一个方向（借方）的发生额，对于另外一个方向（贷方）的发生额，则在该栏目内用"红字"记录，以表示对该项目金额的冲销数或转出数。

（二）贷方多栏式明细账

在账页中设有借方、贷方和余额三个金额栏，并在贷方按照明细科目或明细项目分设若干栏目，或者单独开设贷方金额分析栏。它适用于贷方需要设多个明细科目或明细项目进行登记的账户。如"主营业务收入"和"营业外收入"明细账等。

贷方多栏式明细账平时只有贷方项目的发生额，而借方只在月末发生一次且与贷方项目相同的账户的明细分类核算。因此，贷方多栏式明细账一般为每一明细项目在贷方设置一个金额栏，登记该项目一个方向（贷方）的发生额，对于另一个方向（借方）的发生额，则在该栏目内用"红字"记录，以表示对该项目金额的冲销数或转出数。

（三）借贷方多栏式明细账（特种明细账）

在账页中设有借方、贷方和余额三个金额栏，并同时在借方和贷方栏下设置若干个明细科目或明细项目。它适用于借贷方均需要设置多个栏目进行登记的账户，如"本年利润"、"应交税费——应交增值税"明细账等。

各种明细账的登记方法，应根据本单位业务量的大小和经营管理的需要及所记录的经济业务内容而定，可以根据原始凭证或记账凭证逐笔登记，也可以根据这些凭证逐日或定期汇总登记。

图表 3-5

管理费用明细账（简式）

二级科目：管理费用

第 24 页

2010年		凭证编号	摘要	费用项目						贷	方	余额
月	日			职工薪酬	招待费	折旧费	修理费	办公费	其他	贷	方	余 额
12	4	记 08	购买办公用品					400				400
	8	记 13	业务招待费		830							1 230
	12	记 20	支付修理费				280					1 510
	31	记 35	计提折旧			5 000						6 510
	31	记 40	分配职工薪酬	12 000								18 510
	31	记 45	本月合计结出	12 000	830	5 000	280	400		18 510		18 510

第四节 账簿启用及错账更正说明

一、账簿启用的规则

在启用账簿时，要求认真阅读启用规则。

（一）启用账簿时的一般规则

账簿是存储数据资料的重要会计档案。为了保证账簿登记的严肃性、合法性，明确记账责任，保证会计资料的完整，登记账簿必须由专人负责，并在账簿启用时，在"账簿启用和经管人员一览表"中详细、完整地记载所有各项内容，并加盖单位公章，经管人员（包括企业单位负责人、主管会计、复核和记账人员）均应载明姓名并加盖印章。记账人员调动工作或因故离职时，应办理交接手续，并在交接记录栏内填写交接日期和交接双方人员姓名并签章。"账簿启用和经管人员一览表"列入账簿扉页。

订本式账簿应在启用前，从第一页到最后一页顺序编定页数，不得跳页、缺号。活页式账簿所使用账页，按账户顺序编号，定期装订成册，装订后再按实际使用账页顺序编定页数和目录，注明每个账户的名称和页次。

（二）账簿的书写规则

（1）必须根据审核无误的会计凭证记账。登记时，要将会计凭证上的有关内容逐项登记在账内相应的栏目，如日期、凭证号数、摘要和金额，做到清晰正确。记账后，要在会计凭证上注明所记账簿的页数并签名或盖章，同时注明已经记账的标记符号如"√"等，以免重记或漏记。

（2）记账必须用蓝黑色墨水笔或用碳素笔书写，不得用铅笔或圆珠笔（复写账除外）记账。这主要是为了长期保存。国家规定各种账簿的归档保管年限一般在十年以上，要求字迹要长久清晰，以便日后查核使用，防止涂改。也不得用其他颜色的笔记账。但下列情况可以用红色墨水笔记账。

① 按照红字冲账的记账规则，冲销错误记录。

② 在只有借方（或贷方）栏的多栏式账页中，登记贷方（或借方）发生额。

③ 在三栏式账户的余额栏前如未印明余额方向（借或贷），在余额栏内登记负数余额。

④ 结账画线或按规定用红字登记的其他记录。

（3）各种账簿按页次顺序连续登记，不得跳行、隔页。如不慎发生跳行、隔页，不得撕毁账页，应将空行、空页处用红色墨水笔画对角线注销，注明"此行空白"或"此页空白"字样，并由记账人员签名或盖章。活页式账簿也不得随便抽换账页。

（4）对于登错的记录，不得挖补、刮擦、涂改或用药水消除字迹等手段更正错误，也不允许重抄。应按规定的错账更正规则进行更正。

（5）账簿中书写的文字或数字不能顶格书写，一般只应占格距的二分之一，以便留有改错的空间。书写要规范，不要写怪体字、错别字，不要潦草。

（6）凡需结出余额的账户，应按时结出余额，并在"借或贷"栏内写明"借"或"贷"字样。没有余额的账户，应在该栏内写"平"字，并在余额栏"元"位上用"—0—"等表示。现金日记账和银行存款日记账必须逐日结出余额。

（7）各账户在一张账页登记完毕结转下页时，应当结出本页合计数和余额，写在本页最后一行和下页第一行有关栏内，并在本页最后一行的"摘要"栏内注明"转次页"字样，在下一页第一行的"摘要"栏内注明"承前页"字样。对转次页的本页合计数如何计算，一般有下列三种情况。

① 需要结出本月发生额的账户，结计"转次页"的本页合计数应当为自本月初至本页末止的发生额合计数，如现金日记账和银行存款日记账及采用"账结法"下的各损益类账户。

② 需要结计本年累计发生额的账户，结计"转次页"的本页合计数应当为自年初起至本页末止的累计数，如"本年利润"账户和采用"表结法"下的各损益类账户。

③ 既不需要结计本月发生额，也不需要结计本年累积发生额的账户，可以只将每页末的余额结转次页。如债权、债务结算类账户、"实收资本"等资本类账户和"原材料"等财产物资类账户。

二、错账的查找方法和更正规则

（一）错账的查找方法

由于在借贷复式记账法下，账簿记录的结果存在一种自动平衡机制，所以可以用试算平衡法，在结账前和结账后编制"本期总分类账户发生额试算平衡表"和"本期总分类账户余额试算平衡表"或"总分类账户发生额及余额试算平衡表"来检查账簿记录是否有差错。如果在上述程序中，找不出记账的错误但仍然不平衡时，可能是过账的错误或者是记账凭证编制的错误，以及几种错误交叉影响造成。可采用其他一些有效方法查找。

1. 过账错误查找法

首先确定错账的差额，从这一金额的某些特征提供的线索，找出错误所在。

（1）差数法。根据错账的金额查找漏记的金额。借方金额的遗漏，就会有同量的超出额体现在贷方，反之，就会有同样的超出额体现在借方。

（2）二除法。如果将借方金额错记在贷方或相反情况下，则必然一方（借方或贷方）合计数增多而另一方（贷方或借方）合计数减少，其差额应是记错方向金额的两倍，且差数必为偶数。对于这种错误，采用二除法，即用差数除以2，商就是账中记错方向的数字。二除法是查找方向记反错误的有效方法。

（3）九除法。即用差数除以9检查错账的方法。

① 数字错位情况。如果差错数字较大，就应检查是否在记账时发生了数字错位，即十

位数错记为百位数或千位数错记为百位数等。出现错位这种情况，其差数均可被9整除，商数就是要查找的差错数。

② 倒码情况。即将一笔金额中相邻的两位数字或相邻的三位数字记颠倒的错误。同样是用差数除以9，也为整数，然后在账簿记录中检查是否出现数字颠倒的错误。如将89元记为98元，差数为9，用9去除商为1。

2. 非过账错误查找法

如果通过以上方法仍找不到错误，则有可能是记账凭证编制错误，以及几种错误交叉影响造成的。

（1）顺查法。按账务处理顺序，从头到尾进行全面核对。首先，检查记账凭证和所附原始凭证记录的内容是否相符、计算是否有错误等；然后，将记账凭证和所附原始凭证与有关总分类账、日记账、明细分类账逐项进行核对；最后，检查试算平衡表是否抄错。

（2）逆查法。按与账务处理相反的顺序，从后向前进行核对。首先，检查试算平衡表中本期发生额及期末余额的计算是否正确；然后，逐笔复核账簿记录是否与记账凭证相符；最后检查记账凭证与原始凭证的记录是否相符。

（3）抽查法。抽取账簿中的某些部分进行局部检查。根据差错的具体情况进行抽查，如果发现差错数字只是角位、分位或者只是整数，就可以缩小查找范围，专查角位、分位或整数位数字，其他数字则不必一一检查。

如果试算平衡表中借、贷方合计数字不相等；说明记账肯定有错误；但试算平衡表平衡时，也只能说明记账基本是正确的，不能说明记账绝对没有错误。因为还可能发生重记、漏记、金额多记或少记、科目用错及科目方向记反等错误。因此，不能依赖试算平衡表完全解决记账中的所有问题，也就是说，试算平衡表并不能检查出上述的错误。只有避免了上述错误，而且试算又是平衡的，才能说明记账是正确的。试算平衡表只是检查记账正确与否的一种手段。无论如何，查找错误的工作是麻烦的，因此，要求你在进行会计核算各环节的工作时，一定要严肃认真，一丝不苟，力求尽可能减少差错，以提高会计工作的效率。

（二）错账的更正规则

1. 画线更正法，又称红线更正法

这种方法主要适用于在每月结账前，发现账簿记录中的文字或数字有错误，而其所依附的记账凭证没有错误，即纯属记账时笔误或计算错误，应采用画线更正法进行更正。

具体操作方法是：在错误的文字或数字上画一条红色横线予以注销，但必须使原有文字或数字清晰可认；然后在画线文字或数字的上方用蓝字或黑字将正确的文字或数字填写在同一行的画线处的上方位置，并由更正人员签章。采用这种方法需要注意：对于文字错误，只画去错字，并相应予以更正；对于数字错误，应将错误的数额全部画去，而不能只画去错误数额中的个别数字。如将正确的数额1234误记为1243，应在1243上画一红线，而不能只画去其中的 43，然后在 1243 的上方填写正确的数额 1234。

2. 红字更正法，又称红字冲销法

它是用红字冲销原有记录后再予以更正的方法。主要有以下两种情况。

（1）根据记账凭证记账以后，发现记账凭证中的应借、应贷会计科目或记账方向有错误，而账簿记录与记账凭证是相符的。其更正方法是首先用红字金额填制一张与原错误记账凭证内容完全一致的记账凭证，在凭证"摘要"栏注明"注销×月×日×字×号凭证"字样，并据此红字凭证用红字登记入账，在账簿的"摘要"栏注明"冲销×月×日错账"，"凭证"栏写上凭证的"字、号"，以冲销原错误记录；然后，再用蓝字填制一张正确的记账凭证，在"摘要"栏注明"订正×月×日×字×号凭证"字样，并据此记账凭证用蓝字登记入账，在账簿的"凭证"栏写入该凭证的"字、号"，在"摘要"栏注明"更正×月×日错账"。

（2）根据记账凭证记账以后，发现记账凭证中应借、应贷会计科目和记账方向都正确，只是所记金额大于应记金额并据以登记账簿。其更正方法是将多记的金额用红字填制一张与原错误记账凭证的会计科目、记账方向相同的记账凭证，并据此红字凭证用红字登记入账，以冲销多记金额，求得正确的金额。"摘要"栏、"凭证"栏的填写方法参照上法。

3. 补充登记法，也称蓝字补记法

这种方法主要适用于：根据记账凭证记账以后，发现记账凭证中应借、应贷会计科目和记账方向都正确，只是所记金额小于应记金额并据以入账。更正方法是：将少记金额用蓝字填制一张与原错误记账凭证科目名称和方向一致的记账凭证，并用蓝字据以登记入账，以补充少记的金额。

以上介绍的都属于账簿记录与其所依附的记账凭证内容完全一致时所出现的错账的更正方法，当账簿记录与其所依附的记账凭证不一致时，则应首先采用画线更正法更正账簿记录，使之与原记账凭证相符，然后再采用相应的更正方法予以更正。

第五节　过　账

账簿登记的主要内容之一是过账。即把会计凭证的主要内容过入相应的分类账户或日记账户中。

序时账、明细账根据记账凭证并参考原始凭证或直接根据原始凭证登记。登记时，应根据会计凭证所涉及的一级科目和明细科目过记到相应的明细账、日记账账户中，分别将日期、凭证字号、摘要、金额（按方向）一一记入账簿内。过毕，在记账凭证的过账符号栏内画勾记表示过讫，以防过账重复或漏过某项业务。

在不同的核算形式下，过记总账的依据不同。但无论采用哪种核算形式，均应对据以登记总账的记账凭证、汇总记账凭证、科目汇总表或日记总账等进行编号，并将其内容一一过账。

备查账格式比较灵活，可根据会计主体的需要设计。由于备查账的余额对会计平衡关系不产生影响，因而一般不需编制记账凭证，直接根据原始凭证登记。备查账记录是会计报表中一些附注说明填列的依据。

登记账簿的金额和文字不可顶格书写，即字不宜大到占满一行，通常每行应留有1/3至1/2 的空间，以便于改错。

一页账页登记完毕需转页时，须在该账页最后一行的摘要栏中写"过次页"字样，在最后一行的金额栏中结出该账页记录的借方发生额、贷方发生额合计数及账户余额（写明方向），然后，将这些金额及余额方向抄录至次页账的第一行，并在次页账第一行摘要栏中写"承前页"字样。每页账均结出发生额合计和余额并记入下页账的第一行，使账簿中每一账户的全部账页首尾相连，一方面保持了账户记录的正确性，减少了期末结账的工作量，另一方面，不易散失账页。"承前页"、"过次页"字样，可以手写，也可用橡皮章代替。

第六节 结 账

当期会计凭证全部过入相应的账户后，就应结出各个账户的本期借、贷方发生额合计数及期末余额，这一过程就是结账。由于期初余额、本期借方合计数、本期贷方发生额和期末余额间存在一定的关系，因而结账不仅结出了账户余额，而且也保证了账户记录的正确性。为编制会计报表提供资料，月结、季结、年结。

结账可分为月结账的具体操作应这样进行。在账户的最后一行记录下方画一条通栏红线（与账页格式的该行底格线重合）表示本期记录止于此，于下一行摘要栏中写"本月合计"、"本季合计"、"本年合计"字样，金额栏中分别结出该账户本期借、贷方发生额合计数和期末余额。若是月结，再在这一行结账记录下方画一条通栏的红线以与下月记录相区分；若是年结，则画两通栏红线以示本年度业务已结束。结账行的余额栏内，应写明余额方向的借或贷。当余额为零时，在方向栏写"平"字样，金额栏写"—0—"。"本月合计"、"本季合计"、"本年合计"也可以橡皮章代替手写。

年结具体情况如下。

（1）总分类账。在第四季度季结"本季度累计"行下一行的摘要栏内注明"本年合计"字样，累加1~4季度的"本季度合计"，填在"本年合计"行的"借方"、"贷方"及"余额"栏内。如果年末没有余额，应在合计数下通栏画双红线（称为"封账线"，下同），表示封账。

（2）明细分类账。分以下两种情况。

　　① 如果年末没有余额，又不需要按月结计本期发生额而各月只需结计余额的明细账，只需在12月最后一笔经济业务记录之下通栏画双红线，表示封账。

　　② 如果年末有余额，首先将其余额结转下年，即将余额记入新账第一行的"余额"栏内，并在新账第一行的"摘要"栏内注明"上年结转"字样。不需要编制记账凭证，只将本账户年末余额以相反方向记入下一行（本年合计行下）的发生额内，使本年余额为零。然后在"摘要"栏内注明"结转下年"字样，并将余额记入同一行的"余额"栏内，然后在"结转下年"行下画通栏双红线，表示封账。对不需要按月结计本期发生额而各月只需结计余额的明细账户，需在12月末最后一笔经济业务下画一条通栏单红线，并在其下一行的"摘要"栏内注明"结转下年"字样，余额记入同一行的"余额"栏内，然后在"结转下年"行下画两条通栏红线，表示封账。

◇ 第四章

基础会计模拟实习所需凭证及账表

模拟实习所需资料，除实习案例中所给定的原始凭证外，还需如下资料。

第一节　凭证及账簿

一、记账凭证

共 80 张，学生可根据需要直接裁下使用。

【1】

记账凭证

年　月　日　　　　　　　　　　　　　记字第　号

摘　　要	总账科目	明细科目	借方金额									贷方金额									记账符号
			百	十	万	千	百	十	元	角	分	百	十	万	千	百	十	元	角	分	
合　　计																						

主管：　　会计：　　记账：　　审核：　　制单：

附单张

【2】

记账凭证

年 月 日　　　　　记字第 号

摘　要	总账科目	明细科目	借方金额									贷方金额									记账符号
			百	十	万	千	百	十	元	角	分	百	十	万	千	百	十	元	角	分	
合　　计																					

主管:　　　会计:　　　记账:　　　审核:　　　制单:

附单

张

【3】

记账凭证

年 月 日　　　　　记字第 号

摘　要	总账科目	明细科目	借方金额									贷方金额									记账符号
			百	十	万	千	百	十	元	角	分	百	十	万	千	百	十	元	角	分	
合　　计																					

主管:　　　会计:　　　记账:　　　审核:　　　制单:

附单

张

【4】

记账凭证

年　月　日　　　　　　　　记字第　号

摘　　要	总账科目	明细科目	借方金额								贷方金额								记账符号
			百	十	万	千	百	十	元	角	分	百	十	万	千	百	十	元	角	分	
合　　计																					

主管：　　　会计：　　　记账：　　　审核：　　　制单：

附单张

【5】

记账凭证

年　月　日　　　　　　　　记字第　号

摘　　要	总账科目	明细科目	借方金额								贷方金额								记账符号
			百	十	万	千	百	十	元	角	分	百	十	万	千	百	十	元	角	分	
合　　计																					

主管：　　　会计：　　　记账：　　　审核：　　　制单：

附单张

【6】

记账凭证

年　月　日　　　　　　　　　记字第　号

摘　　要	总账科目	明细科目	借方金额									贷方金额									记账符号
			百	十	万	千	百	十	元	角	分	百	十	万	千	百	十	元	角	分	
合　　　计																					

主管：　　　会计：　　　记账：　　　审核：　　　制单：

附单　张

【7】

记账凭证

年　月　日　　　　　　　　　记字第　号

摘　　要	总账科目	明细科目	借方金额									贷方金额									记账符号
			百	十	万	千	百	十	元	角	分	百	十	万	千	百	十	元	角	分	
合　　　计																					

主管：　　　会计：　　　记账：　　　审核：　　　制单：

附单　张

【8】

记账凭证

年　月　日　　　　　　　　记字第　号

摘　　要	总账科目	明细科目	借方金额									贷方金额									记账符号
			百	十	万	千	百	十	元	角	分	百	十	万	千	百	十	元	角	分	
合　　计																					

主管：　　　　会计：　　　　记账：　　　　审核：　　　　制单：

附单　张

【9】

记账凭证

年　月　日　　　　　　　　记字第　号

摘　　要	总账科目	明细科目	借方金额									贷方金额									记账符号
			百	十	万	千	百	十	元	角	分	百	十	万	千	百	十	元	角	分	
合　　计																					

主管：　　　　会计：　　　　记账：　　　　审核：　　　　制单：

附单　张

【10】

记账凭证

年　月　日　　　　　　　　记字第　号

摘　要	总账科目	明细科目	借方金额									贷方金额									记账符号
			百	十	万	千	百	十	元	角	分	百	十	万	千	百	十	元	角	分	
合　　计																					

主管：　　　　会计：　　　　记账：　　　　审核：　　　　制单：

附单　张

【11】

记账凭证

年　月　日　　　　　　　　记字第　号

摘　要	总账科目	明细科目	借方金额									贷方金额									记账符号
			百	十	万	千	百	十	元	角	分	百	十	万	千	百	十	元	角	分	
合　　计																					

主管：　　　　会计：　　　　记账：　　　　审核：　　　　制单：

附单　张

【12】

记账凭证

年 月 日 记字第 号

摘 要	总账科目	明细科目	借方金额										贷方金额										记账符号
			百	十	万	千	百	十	元	角	分	百	十	万	千	百	十	元	角	分		
合 计																							

主管: 会计: 记账: 审核: 制单:

附单张

【13】

记账凭证

年 月 日 记字第 号

摘 要	总账科目	明细科目	借方金额										贷方金额										记账符号
			百	十	万	千	百	十	元	角	分	百	十	万	千	百	十	元	角	分		
合 计																							

主管: 会计: 记账: 审核: 制单:

附单张

【14】

记账凭证

　　　　年　月　日　　　　　　　记字第　号

摘　　要	总账科目	明细科目	借方金额									贷方金额									记账符号
			百	十	万	千	百	十	元	角	分	百	十	万	千	百	十	元	角	分	
合　　计																					

主管：　　　会计：　　　记账：　　　审核：　　　制单：

附单张

【15】

记账凭证

　　　　年　月　日　　　　　　　记字第　号

摘　　要	总账科目	明细科目	借方金额									贷方金额									记账符号
			百	十	万	千	百	十	元	角	分	百	十	万	千	百	十	元	角	分	
合　　计																					

主管：　　　会计：　　　记账：　　　审核：　　　制单：

附单张

【16】

记账凭证

年　月　日　　　　　　　记字第　号

摘　要	总账科目	明细科目	借方金额									贷方金额									记账符号
			百	十	万	千	百	十	元	角	分	百	十	万	千	百	十	元	角	分	
合　计																					

主管：　　　会计：　　　　记账：　　　　审核：　　　　制单：

附单张

【17】

记账凭证

年　月　日　　　　　　　记字第　号

摘　要	总账科目	明细科目	借方金额									贷方金额									记账符号
			百	十	万	千	百	十	元	角	分	百	十	万	千	百	十	元	角	分	
合　计																					

主管：　　　会计：　　　　记账：　　　　审核：　　　　制单：

附单张

【18】

记账凭证

年　月　日　　　　　　　记字第　号

摘　　要	总账科目	明细科目	借方金额									贷方金额									记账符号
			百	十	万	千	百	十	元	角	分	百	十	万	千	百	十	元	角	分	
合　　计																					

主管:　　　会计:　　　记账:　　　审核:　　　制单:

附单张

【19】

记账凭证

年　月　日　　　　　　　记字第　号

摘　　要	总账科目	明细科目	借方金额									贷方金额									记账符号
			百	十	万	千	百	十	元	角	分	百	十	万	千	百	十	元	角	分	
合　　计																					

主管:　　　会计:　　　记账:　　　审核:　　　制单:

附单张

【20】

记账凭证

年 月 日　　　　　　记字第 号

摘 要	总账科目	明细科目	借方金额									贷方金额									记账符号
			百	十	万	千	百	十	元	角	分	百	十	万	千	百	十	元	角	分	
合　　计																					

主管:　　　会计:　　　记账:　　　审核:　　　制单:

附单 张

【21】

记账凭证

年 月 日　　　　　　记字第 号

摘 要	总账科目	明细科目	借方金额									贷方金额									记账符号
			百	十	万	千	百	十	元	角	分	百	十	万	千	百	十	元	角	分	
合　　计																					

主管:　　　会计:　　　记账:　　　审核:　　　制单:

附单 张

【22】

记账凭证

年 月 日 记字第 号

摘要	总账科目	明细科目	借方金额									贷方金额									记账符号
			百	十	万	千	百	十	元	角	分	百	十	万	千	百	十	元	角	分	
合 计																					

主管: 会计: 记账: 审核: 制单:

附单 张

【23】

记账凭证

年 月 日 记字第 号

摘要	总账科目	明细科目	借方金额									贷方金额									记账符号
			百	十	万	千	百	十	元	角	分	百	十	万	千	百	十	元	角	分	
合 计																					

主管: 会计: 记账: 审核: 制单:

附单 张

【24】

记账凭证

年　月　日　　　　　　记字第　号

摘　要	总账科目	明细科目	借方金额									贷方金额									记账符号
			百	十	万	千	百	十	元	角	分	百	十	万	千	百	十	元	角	分	
合　　　计																					

主管：　　　会计：　　　记账：　　　审核：　　　制单：

附单　张

【25】

记账凭证

年　月　日　　　　　　记字第　号

摘　要	总账科目	明细科目	借方金额									贷方金额									记账符号
			百	十	万	千	百	十	元	角	分	百	十	万	千	百	十	元	角	分	
合　　　计																					

主管：　　　会计：　　　记账：　　　审核：　　　制单：

附单　张

【26】

记账凭证

年　月　日　　　　　　　　记字第　号

摘　　要	总账科目	明细科目	借方金额									贷方金额									记账符号
			百	十	万	千	百	十	元	角	分	百	十	万	千	百	十	元	角	分	
合　　计																					

主管：　　　会计：　　　记账：　　　审核：　　　制单：

附单张

【27】

记账凭证

年　月　日　　　　　　　　记字第　号

摘　　要	总账科目	明细科目	借方金额									贷方金额									记账符号
			百	十	万	千	百	十	元	角	分	百	十	万	千	百	十	元	角	分	
合　　计																					

主管：　　　会计：　　　记账：　　　审核：　　　制单：

附单张

【28】

记账凭证

年 月 日　　　　　　　记字第 号

摘　要	总账科目	明细科目	借方金额									贷方金额									记账符号
			百	十	万	千	百	十	元	角	分	百	十	万	千	百	十	元	角	分	
合　　计																					

主管:　　　会计:　　　记账:　　　审核:　　　制单:

附单 张

【29】

记账凭证

年 月 日　　　　　　　记字第 号

摘　要	总账科目	明细科目	借方金额									贷方金额									记账符号
			百	十	万	千	百	十	元	角	分	百	十	万	千	百	十	元	角	分	
合　　计																					

主管:　　　会计:　　　记账:　　　审核:　　　制单:

附单 张

【30】

记账凭证

年　月　日　　　　　　　　记字第　号

摘　要	总账科目	明细科目	借方金额										贷方金额										记账符号
			百	十	万	千	百	十	元	角	分	百	十	万	千	百	十	元	角	分		
合　　计																						

主管：　　　会计：　　　记账：　　　审核：　　　制单：

附单　张

【31】

记账凭证

年　月　日　　　　　　　　记字第　号

摘　要	总账科目	明细科目	借方金额										贷方金额										记账符号
			百	十	万	千	百	十	元	角	分	百	十	万	千	百	十	元	角	分		
合　　计																						

主管：　　　会计：　　　记账：　　　审核：　　　制单：

附单　张

【32】

记账凭证

年　月　日　　　　　　　　　　　记字第　号

摘　　要	总账科目	明细科目	借方金额									贷方金额									记账符号
			百	十	万	千	百	十	元	角	分	百	十	万	千	百	十	元	角	分	
合　　计																					

主管：　　　会计：　　　记账：　　　审核：　　　制单：

附单张

【33】

记账凭证

年　月　日　　　　　　　　　　　记字第　号

摘　　要	总账科目	明细科目	借方金额									贷方金额									记账符号
			百	十	万	千	百	十	元	角	分	百	十	万	千	百	十	元	角	分	
合　　计																					

主管：　　　会计：　　　记账：　　　审核：　　　制单：

附单张

【34】

记账凭证

年 月 日　　　　　记字第 号

摘　　要	总账科目	明细科目	借方金额									贷方金额									记账符号
			百	十	万	千	百	十	元	角	分	百	十	万	千	百	十	元	角	分	
合　　计																					

主管:　　　会计:　　　记账:　　　审核:　　　制单:

附单张

【35】

记账凭证

年 月 日　　　　　记字第 号

摘　　要	总账科目	明细科目	借方金额									贷方金额									记账符号
			百	十	万	千	百	十	元	角	分	百	十	万	千	百	十	元	角	分	
合　　计																					

主管:　　　会计:　　　记账:　　　审核:　　　制单:

附单张

【36】

记账凭证

　　　　　年　月　日　　　　　　　　　记字第　号

摘　　要	总账科目	明细科目	借方金额									贷方金额									记账符号
			百	十	万	千	百	十	元	角	分	百	十	万	千	百	十	元	角	分	
合　　计																					

主管：　　　会计：　　　记账：　　　审核：　　　制单：

附单张

【37】

记账凭证

　　　　　年　月　日　　　　　　　　　记字第　号

摘　　要	总账科目	明细科目	借方金额									贷方金额									记账符号
			百	十	万	千	百	十	元	角	分	百	十	万	千	百	十	元	角	分	
合　　计																					

主管：　　　会计：　　　记账：　　　审核：　　　制单：

附单张

【38】

记账凭证

年　月　日　　　　　　　　记字第　号

摘　　要	总账科目	明细科目	借方金额									贷方金额									记账符号
			百	十	万	千	百	十	元	角	分	百	十	万	千	百	十	元	角	分	
合　　　计																					

主管：　　　会计：　　　记账：　　　审核：　　　制单：

附单张

【39】

记账凭证

年　月　日　　　　　　　　记字第　号

摘　　要	总账科目	明细科目	借方金额									贷方金额									记账符号
			百	十	万	千	百	十	元	角	分	百	十	万	千	百	十	元	角	分	
合　　　计																					

主管：　　　会计：　　　记账：　　　审核：　　　制单：

附单张

【40】

记账凭证

年 月 日　　　　　　　　记字第 号

摘　要	总账科目	明细科目	借方金额									贷方金额									记账符号
			百	十	万	千	百	十	元	角	分	百	十	万	千	百	十	元	角	分	
合　　计																					

主管：　　会计：　　记账：　　审核：　　制单：

附单

张

【41】

记账凭证

年 月 日　　　　　　　　记字第 号

摘　要	总账科目	明细科目	借方金额									贷方金额									记账符号
			百	十	万	千	百	十	元	角	分	百	十	万	千	百	十	元	角	分	
合　　计																					

主管：　　会计：　　记账：　　审核：　　制单：

附单

张

【42】

记账凭证

年　月　日　　　　　　　　记字第　号

摘　　要	总账科目	明细科目	借方金额									贷方金额									记账符号
			百	十	万	千	百	十	元	角	分	百	十	万	千	百	十	元	角	分	
合　　　计																					

主管:　　　会计:　　　记账:　　　审核:　　　制单:

附单张

【43】

记账凭证

年　月　日　　　　　　　　记字第　号

摘　　要	总账科目	明细科目	借方金额									贷方金额									记账符号
			百	十	万	千	百	十	元	角	分	百	十	万	千	百	十	元	角	分	
合　　　计																					

主管:　　　会计:　　　记账:　　　审核:　　　制单:

附单张

【44】

记账凭证

年　月　日　　　　　　　　　记字第　号

摘　　要	总账科目	明细科目	借方金额								贷方金额								记账符号
			百	十	万	千	百	十	元	角	分	百	十	万	千	百	十	元	角	分	
合　　计																			

主管:　　　会计:　　　记账:　　　审核:　　　制单:

附单张

【45】

记账凭证

年　月　日　　　　　　　　　记字第　号

摘　　要	总账科目	明细科目	借方金额								贷方金额								记账符号
			百	十	万	千	百	十	元	角	分	百	十	万	千	百	十	元	角	分	
合　　计																			

主管:　　　会计:　　　记账:　　　审核:　　　制单:

附单张

【46】

记账凭证

年 月 日　　　　　　　　记字第 号

摘　要	总账科目	明细科目	借方金额									贷方金额									记账符号
			百	十	万	千	百	十	元	角	分	百	十	万	千	百	十	元	角	分	
合　　计																					

主管:　　　会计:　　　记账:　　　审核:　　　制单:

附单张

【47】

记账凭证

年 月 日　　　　　　　　记字第 号

摘　要	总账科目	明细科目	借方金额									贷方金额									记账符号
			百	十	万	千	百	十	元	角	分	百	十	万	千	百	十	元	角	分	
合　　计																					

主管:　　　会计:　　　记账:　　　审核:　　　制单:

附单张

【48】

记账凭证

年　月　日　　　　　　　记字第　号

摘　　要	总账科目	明细科目	借方金额									贷方金额									记账符号
			百	十	万	千	百	十	元	角	分	百	十	万	千	百	十	元	角	分	
合　　计																					

主管:　　　会计:　　　记账:　　　审核:　　　制单:

附单张

【49】

记账凭证

年　月　日　　　　　　　记字第　号

摘　　要	总账科目	明细科目	借方金额									贷方金额									记账符号
			百	十	万	千	百	十	元	角	分	百	十	万	千	百	十	元	角	分	
合　　计																					

主管:　　　会计:　　　记账:　　　审核:　　　制单:

附单张

【50】

记账凭证

年 月 日　　　　　　记字第 号

摘　　要	总账科目	明细科目	借方金额									贷方金额									记账符号
			百	十	万	千	百	十	元	角	分	百	十	万	千	百	十	元	角	分	
合　　计																					

主管:　　会计:　　　记账:　　　　审核:　　　　制单:

附单 张

【51】

记账凭证

年 月 日　　　　　　记字第 号

摘　　要	总账科目	明细科目	借方金额									贷方金额									记账符号
			百	十	万	千	百	十	元	角	分	百	十	万	千	百	十	元	角	分	
合　　计																					

主管:　　会计:　　　记账:　　　　审核:　　　　制单:

附单 张

【52】

记账凭证

年　月　日　　　　　记字第　号

摘　　要	总账科目	明细科目	借方金额										贷方金额										记账符号
			百	十	万	千	百	十	元	角	分	百	十	万	千	百	十	元	角	分		
合　　　计																						

主管:　　　会计:　　　记账:　　　审核:　　　制单:

附单张

【53】

记账凭证

年　月　日　　　　　记字第　号

摘　　要	总账科目	明细科目	借方金额										贷方金额										记账符号
			百	十	万	千	百	十	元	角	分	百	十	万	千	百	十	元	角	分		
合　　　计																						

主管:　　　会计:　　　记账:　　　审核:　　　制单:

附单张

【54】

记账凭证

年 月 日　　　　　　　记字第 号

摘　要	总账科目	明细科目	借方金额										贷方金额										记账符号
			百	十	万	千	百	十	元	角	分	百	十	万	千	百	十	元	角	分		
合　计																						

主管：　　　会计：　　　记账：　　　审核：　　　制单：

附单 张

【55】

记账凭证

年 月 日　　　　　　　记字第 号

摘　要	总账科目	明细科目	借方金额										贷方金额										记账符号
			百	十	万	千	百	十	元	角	分	百	十	万	千	百	十	元	角	分		
合　计																						

主管：　　　会计：　　　记账：　　　审核：　　　制单：

附单 张

【56】

记账凭证

年　月　日　　　　　　　　记字第　号

摘　要	总账科目	明细科目	借方金额									贷方金额									记账符号
			百	十	万	千	百	十	元	角	分	百	十	万	千	百	十	元	角	分	
合　　计																					

主管：　　　会计：　　　记账：　　　审核：　　　制单：

附单张

【57】

记账凭证

年　月　日　　　　　　　　记字第　号

摘　要	总账科目	明细科目	借方金额									贷方金额									记账符号
			百	十	万	千	百	十	元	角	分	百	十	万	千	百	十	元	角	分	
合　　计																					

主管：　　　会计：　　　记账：　　　审核：　　　制单：

附单张

【58】

记账凭证

年　月　日　　　　　　　记字第　号

摘　　要	总账科目	明细科目	借方金额									贷方金额									记账符号
			百	十	万	千	百	十	元	角	分	百	十	万	千	百	十	元	角	分	
合　　　计																					

主管：　　　会计：　　　记账：　　　审核：　　　制单：

附单　张

【59】

记账凭证

年　月　日　　　　　　　记字第　号

摘　　要	总账科目	明细科目	借方金额									贷方金额									记账符号
			百	十	万	千	百	十	元	角	分	百	十	万	千	百	十	元	角	分	
合　　　计																					

主管：　　　会计：　　　记账：　　　审核：　　　制单：

附单　张

【60】

记账凭证

年　月　日　　　　　记字第　号

摘　　要	总账科目	明细科目	借方金额										贷方金额										记账符号
			百	十	万	千	百	十	元	角	分	百	十	万	千	百	十	元	角	分	
合　　计																						

附单张

主管：　　　会计：　　　记账：　　　审核：　　　制单：

【61】

记账凭证

年　月　日　　　　　记字第　号

摘　　要	总账科目	明细科目	借方金额										贷方金额										记账符号
			百	十	万	千	百	十	元	角	分	百	十	万	千	百	十	元	角	分	
合　　计																						

附单张

主管：　　　会计：　　　记账：　　　审核：　　　制单：

【62】

记账凭证

年 月 日　　　　　记字第 号

摘　要	总账科目	明细科目	借方金额										贷方金额										记账符号
			百	十	万	千	百	十	元	角	分	百	十	万	千	百	十	元	角	分	
合　计																					

主管:　　　会计:　　　记账:　　　审核:　　　制单:

附单 张

【63】

记账凭证

年 月 日　　　　　记字第 号

摘　要	总账科目	明细科目	借方金额										贷方金额										记账符号
			百	十	万	千	百	十	元	角	分	百	十	万	千	百	十	元	角	分	
合　计																					

主管:　　　会计:　　　记账:　　　审核:　　　制单:

附单 张

【64】

记账凭证

年 月 日 记字第 号

摘 要	总账科目	明细科目	借方金额									贷方金额									记账符号
			百	十	万	千	百	十	元	角	分	百	十	万	千	百	十	元	角	分	
合　　计																					

主管: 　会计: 　记账: 　审核: 　制单:

附单张

【65】

记账凭证

年 月 日 记字第 号

摘 要	总账科目	明细科目	借方金额									贷方金额									记账符号
			百	十	万	千	百	十	元	角	分	百	十	万	千	百	十	元	角	分	
合　　计																					

主管: 　会计: 　记账: 　审核: 　制单:

附单张

【66】

记账凭证

年 月 日　　　　　记字第 号

摘　　要	总账科目	明细科目	借方金额									贷方金额									记账符号
			百	十	万	千	百	十	元	角	分	百	十	万	千	百	十	元	角	分	
合　　计																					

主管：　　会计：　　记账：　　审核：　　制单：

附单 张

【67】

记账凭证

年 月 日　　　　　记字第 号

摘　　要	总账科目	明细科目	借方金额									贷方金额									记账符号
			百	十	万	千	百	十	元	角	分	百	十	万	千	百	十	元	角	分	
合　　计																					

主管：　　会计：　　记账：　　审核：　　制单：

附单 张

【68】

记账凭证

年　月　日　　　　　　记字第　号

摘　　要	总账科目	明细科目	借方金额									贷方金额									记账符号
			百	十	万	千	百	十	元	角	分	百	十	万	千	百	十	元	角	分	
合　　计																					

主管：　　　会计：　　　记账：　　　审核：　　　制单：

附单　张

【69】

记账凭证

年　月　日　　　　　　记字第　号

摘　　要	总账科目	明细科目	借方金额									贷方金额									记账符号
			百	十	万	千	百	十	元	角	分	百	十	万	千	百	十	元	角	分	
合　　计																					

主管：　　　会计：　　　记账：　　　审核：　　　制单：

附单　张

【70】

记账凭证

年　月　日　　　　　　　　　　　　　记字第　号

摘　　要	总账科目	明细科目	借方金额									贷方金额									记账符号
			百	十	万	千	百	十	元	角	分	百	十	万	千	百	十	元	角	分	
合　　　计																					

主管：　　　会计：　　　记账：　　　审核：　　　制单：

附单　张

【71】

记账凭证

年　月　日　　　　　　　　　　　　　记字第　号

摘　　要	总账科目	明细科目	借方金额									贷方金额									记账符号
			百	十	万	千	百	十	元	角	分	百	十	万	千	百	十	元	角	分	
合　　　计																					

主管：　　　会计：　　　记账：　　　审核：　　　制单：

附单　张

【72】

记账凭证

年 月 日 记字第 号

摘 要	总账科目	明细科目	借方金额									贷方金额									记账符号	
			百	十	万	千	百	十	元	角	分	百	十	万	千	百	十	元	角	分		
合 计																						

主管: 会计: 记账: 审核: 制单:

附单 张

【73】

记账凭证

年 月 日 记字第 号

摘 要	总账科目	明细科目	借方金额									贷方金额									记账符号	
			百	十	万	千	百	十	元	角	分	百	十	万	千	百	十	元	角	分		
合 计																						

主管: 会计: 记账: 审核: 制单:

附单 张

【74】

记账凭证

年 月 日　　　　　　记字第 号

摘　要	总账科目	明细科目	借方金额									贷方金额									记账符号
			百	十	万	千	百	十	元	角	分	百	十	万	千	百	十	元	角	分	
合　　计																						

主管:　　　会计:　　　记账:　　　审核:　　　制单:

附单 张

【75】

记账凭证

年 月 日　　　　　　记字第 号

摘　要	总账科目	明细科目	借方金额									贷方金额									记账符号
			百	十	万	千	百	十	元	角	分	百	十	万	千	百	十	元	角	分	
合　　计																						

主管:　　　会计:　　　记账:　　　审核:　　　制单:

附单 张

【76】

记账凭证

年　月　日　　　　　　　记字第　号

摘　　要	总账科目	明细科目	借方金额									贷方金额									记账符号
			百	十	万	千	百	十	元	角	分	百	十	万	千	百	十	元	角	分	
合　　计																					

主管:　　　会计:　　　记账:　　　审核:　　　制单:

附单　张

【77】

记账凭证

年　月　日　　　　　　　记字第　号

摘　　要	总账科目	明细科目	借方金额									贷方金额									记账符号
			百	十	万	千	百	十	元	角	分	百	十	万	千	百	十	元	角	分	
合　　计																					

主管:　　　会计:　　　记账:　　　审核:　　　制单:

附单　张

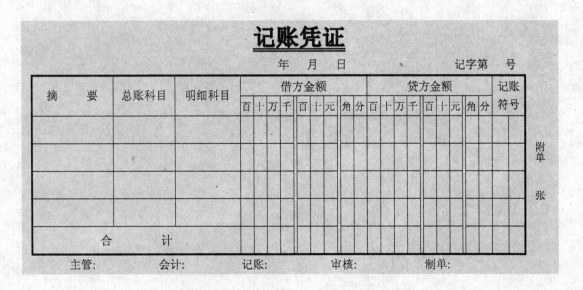

【78】

记账凭证

年 月 日　　　　　　　　记字第 号

摘　要	总账科目	明细科目	借方金额									贷方金额									记账符号
			百	十	万	千	百	十	元	角	分	百	十	万	千	百	十	元	角	分	
合　　计																					

主管:　　　会计:　　　记账:　　　审核:　　　制单:

附单张

【79】

记账凭证

年 月 日　　　　　　　　记字第 号

摘　要	总账科目	明细科目	借方金额									贷方金额									记账符号
			百	十	万	千	百	十	元	角	分	百	十	万	千	百	十	元	角	分	
合　　计																					

主管:　　　会计:　　　记账:　　　审核:　　　制单:

附单张

【80】

记账凭证

年　　月　　日　　　　　　　　　　　记字第　　号

摘　　要	总账科目	明细科目	借方金额										贷方金额										记账符号
			百	十	万	千	百	十	元	角	分	百	十	万	千	百	十	元	角	分	
合　　　　计																					

主管：　　　　会计：　　　　记账：　　　　审核：　　　　制单：

附单　　张

二、科目汇总表

3 张，可直接根据需要裁下使用。

三、账簿

现金日记账 2 页、银行存款日记账 2 页，可直接根据需要裁下使用。

以下账簿从会计用品店购买。

（1）总分类账 1 本。

（2）三栏式明细分类账 12 页。

（3）数量金额式明细分类账 10 页。

（4）多栏式明细分类账 10 页。

（5）交增值税明细账 4 页。

科 目 汇 总 表

年　月　日 至　日　　　　编号

会计科目	借方金额											√	贷方金额											√
	亿	千	百	十	万	千	百	十	元	角	分		亿	千	百	十	万	千	百	十	元	角	分	

会计主管：　　　　记账：　　　　审核：　　　　制表：

科 目 汇 总 表

年 月 日 至 日 编号

会计科目	借方金额											√	贷方金额											√
	亿	千	百	十	万	千	百	十	元	角	分		亿	千	百	十	万	千	百	十	元	角	分	

会计主管: 记账: 审核: 制表:

科 目 汇 总 表

年　月　日　至　日　　　　编号

会计科目	借方金额											√	贷方金额											√
	亿	千	百	十	万	千	百	十	元	角	分		亿	千	百	十	万	千	百	十	元	角	分	

会计主管：　　　　记账：　　　　审核：　　　　制表：

现金日记账

第 1 页

年		凭证编号	摘要	对方科目	收入										支出										借或贷	余额									
月	日				亿	千	百	十	万	千	百	十	元	角	分	亿	千	百	十	万	千	百	十	元	角	分		亿	千	百	十	万	千	百	十	元	角	分

现金日记账

第 1 页

年		凭证编号	摘要	对方科目	收入											支出											借或贷	余额										
月	日				亿	千	百	十	万	千	百	十	元	角	分	亿	千	百	十	万	千	百	十	元	角	分		亿	千	百	十	万	千	百	十	元	角	分

银行存款日记账

第 2 页

年		凭证编号	摘要	对方科目	收入											支出											借或贷	余额										
月	日				亿	千	百	十	万	千	百	十	元	角	分	亿	千	百	十	万	千	百	十	元	角	分		亿	千	百	十	万	千	百	十	元	角	分

银行存款日记账

第 2 页

年		凭证编号	摘要	对方科目	收入											支出											借或贷	余额										
月	日				亿	千	百	十	万	千	百	十	元	角	分	亿	千	百	十	万	千	百	十	元	角	分		亿	千	百	十	万	千	百	十	元	角	分

133

第二节 会计报表及其他资料

一、总分类账户余额及发生额试算平衡表

总分类账户余额及发生额试算平衡表如图表4-1所示。

图表4-1

总分类账户余额及发生额试算平衡表

单位名称：　　　　　　　　　年　月　日　　　　　　金额单位：

会计科目	期初余额		本期发生额		期末余额	
	借方	贷方	借方	贷方	借方	贷方
合计						

二、会计报表

（一）资产负债表

图表4-2

资产负债表

会企01号

编制单位：　　　　　　　　　　年　月　日　　　　　　　　　　单位：

资产	期末余额	年初余额	负债及所有者权益（或股东权益）	期末余额	年初余额
流动资产：			流动负债：		
货币资金			短期借款		
交易性金融资产			交易性金融负债		
应收票据			应付票据		
应收账款			应付账款		
预付账款			预收账款		
应收股利			应付职工薪酬		
应收利息			应交税费		
其他应收款			应付利息		
存货			应付股利		
其中：消耗性生物资产			其他应付款		
一年内到期的非流动资产			一年内到期的非流动负债		
其他流动资产			其他流动负债		
流动资产合计			流动负债合计		
非流动资产：			非流动负债：		
可供出售金融资产			长期借款		
拥有至到期投资			应付债券		
投资性房地产			长期应付款		
长期股权投资			专项应付款		
长期应收款			预计负债		
固定资产			递延所得税负债		
工程物资			其他非流动负债		
在建工程			非流动负债合计		
固定资产清理			负债合计		
生产性生物资产			所有者权益（或股东权益）		
油气资产			实收资本（或股本）		
无形资产			资本公积		
开发支出			减：库存股		
商誉			盈余公积		
长期待摊费用			未分配利润		
递延所得税资产			所有者权益（或股东权益）合计		
其他非流动资产					
非流动资产合计：					
资产总计：			负债和所有者权益（或股东权益）合计		

单位负责人：　　　　　　　　　主管：　　　　　　　　　　　　制表：

附注：

（二）利润表

图表4-3 直接填写。

图表4-3

利润表

会企02号
单位：

编制单位： 年度

项　目	本期金额	上期金额（略）
一、营业收入		
减：营业成本		
营业税金及附加		
销售费用		
管理费用		
财务费用		
资产减值损失		
加：公允价值变动损益（损失以"－"号填列）		
投资收益（损失以"－"号填列）		
其中：对联营企业和合营企业的投资收益		
二、营业利润（亏损以"－"号填列）		
加：营业外收入		
减：营业外支出		
其中：非流动资产处置损失		
三、利润总额（亏损总额以"－"号填列）		
减：所得税费用		
四、净利润（净亏损以"－"号填列）		
五、每股收益		
（一）基本每股收益		
（二）稀释每股收益		

单位负责人： 主管： 制表：

三、记账凭证封面

从会计用品商店购买1张记账凭证封面。

四、其他

从会计用品商店购买回形针80枚、文件袋1个、胶水1个。

以上所需资料以实习小组为单位设计。

第五章

实习单位的期初数据和原始凭证

本章以东方机械制造有限责任公司 2010 年发生的经济业务为模拟对象，对填制和审核会计凭证、登记账簿、对账、结账和编制会计报表等基本会计核算的全过程进行仿真实习。

第一节　实习单位情况说明

东方机械制造有限责任公司属于机械类小型生产企业，具有法人地位。该公司为增值税一般纳税人，增值税税率 17%，开户银行为市工商银行，账号为 055026018891，纳税人登记号 123459876885918。该公司下设办公室、生产技术部、销售部、财务部、劳动人事部等部门。销售部负责原材料的供应和产成品的库存及销售业务，生产技术部负责产品的生产及设备维修业务。法人代表王鹏，财务部负责人张明，会计主管王锐，会计白云，出纳员张为。

一、产品生产情况

该公司生产 A、B 两种产品，材料采用甲材料、乙材料、丙材料三种材料，由生产技术部门负责产品的生产，产品生产完工后送技术部门检验，合格后进入产成品库。

二、会计核算情况

该公司以我国《会计法》和《企业会计准则》为根据进行会计核算，具体要求如下。

（1）材料的收入与支出按实际成本进行核算，先购入的材料先发出。

（2）产品生产完工后，计算出完工产品的总成本和单位成本，转入"库存商品"账户。

（3）固定资产折旧分类提取。

（4）期末按税法规定计算缴纳增值税，因基础会计中涉及的税法知识较少，除购进和销售业务外，其余业务暂不考虑增值税。

（5）期末按规定计算应缴纳企业所得税和有关营业税金及附加。按纳税所得的 25% 计算企业所得税，列入"所得税费用"账户，年度汇缴清算后转入"本年利润"账户。

（6）该公司按照财务制度规定提留法定盈余公积，并向投资者分配利润。

（7）企业采用记账凭证汇总表核算程序进行核算，按月填列记账凭证汇总表，据此登记总账，根据记账凭证及所附的原始凭证逐笔登记有关明细分类账。

（8）根据总账与明细分类账核对无误后进行结账，编制"资产负债表"和"利润表"。

第二节　实习流程

一、开设总账（建账）

根据"东方机械制造有限责任公司总账及明细账 2010 年 12 月 1 日期初余额表"中所列的总账科目分别开设对应的总账，并将各科目的期初余额登记在余额栏。

说明：

本账页数：因总账是订本式的，本页在总账簿中为第几页。

本户页数：本户的总账科目有若干页，本页是其中的第几页。

时间：可统一填 2010 年 12 月 1 日。

凭证编号：记账凭证的类型和编号，如记 01、汇 01 等，此处不填。

摘要：对业务的简短描述，填写"月初余额"。

借方、贷方栏：借方金额、贷方金额不填写。

借或贷栏：余额的方向是借还是贷，根据已给定的余额方向填写。

余额栏：根据已给的余额填写。

核对号：对账时，如某行已经对账，对账记号栏做一记号"√"。

见前章示例。

二、开设明细分类账（建账）

（1）根据"东方机械制造有限责任公司总账及明细账 2010 年 12 月 1 日期初余额表"中所列的明细科目分别开设对应的明细分类账，其中"库存现金"和"银行存款"两个科目分别开设日记账，而不用开设明细账，并将各科目的期初余额登记在余额栏。

（2）根据期初存货类总账开设数量金额式明细分类账，并登记期初结存的数量、单价、金额。设"甲材料、乙材料、丙材料"和"A 产品、B 产品"明细分类账。

（3）根据生产成本总账开设多栏式生产成本明细分类账，并登记期初余额。

（4）开设多栏式"管理费用"和"制造费用"明细分类账。

（5）根据现金和银行存款期初余额开设"库存现金"、"银行存款"日记账，并登记期初余额。

（6）根据应收和应付款项开设"应收账款"和"应付账款"三栏式账页开设明细分类账、登记期初余额，若只有一个明细科目的也必须设置明细账，以便于期末对账和反映详细内容。

说明：

账号：月末明细分类账订本后，此页为账簿的第几页，此处可不写。

页数：本级明细分类账有若干页，本页是其中的第几页。

总页数：本级明细分类账共有的页数。

其他各项与总账同。

见明细分类账的示例。

三、上旬经济业务的处理

（一）根据上旬的原始凭证编制记账凭证

根据东方机械制造有限责任公司 12 月 1—10 日的原始凭证第 1~22 笔业务，运用所学的基础会计知识，根据会计制度的规定，逐一编制记账凭证。

（二）根据记账凭证及所附的原始凭证逐一登记明细账或日记账

凡在所编制的记账凭证中有明细科目的，都应根据记账凭证及所附的原始凭证逐一登记在其明细账上，如是库存现金和银行存款则应逐笔登记在日记账上。

见示例。

（三）编制上旬的记账凭证汇总表

因采用科目汇总表记账程序，为此，应按一定时期（此处以 10 天）对本时期内的所有一级（总账）科目，按借方发生额和贷方发生额分别进行汇总，编制成记账凭证汇总表。

（四）登记上旬的总账

根据上旬的记账凭证汇总表，将各总账科目的借方发生额和贷方发生额分别登记在对应的总账上。

其中：

月日：12 月 10 日。

凭证编号：汇总 1。

摘要：填写"汇总登记 1—10 日凭证"。

借方、贷方：按汇总表中的金额填写。

借或贷：按余额的方向填写。

余额：按月初余额与本旬的借方和贷方发生额计算得出。

见"银行存款"科目的示例。

四、中旬经济业务的处理

（一）根据中旬的原始凭证编制记账凭证

根据东方机械制造有限责任公司 12 月 11—20 日的原始凭证第 23~37 笔业务，逐一编制记账凭证。

（二）根据记账凭证及所附的原始凭证逐一登记明细账或日记账

凡在所编制的记账凭证中有明细科目的，都应根据记账凭证及所附的原始凭证逐一登记在其明细账上，如是库存现金和银行存款则应逐笔登记在日记账上。

各明细账所登记的账簿是有区别的，详见上旬说明。

见登记第 1 笔业务明细账的示例。

（三）编制中旬的记账凭证汇总表

因采用科目汇总表记账程序，为此，应按一定时期（此处以 10 天）对本时期内的所有一级（总账）科目，按借方发生额和贷方发生额分别进行汇总，编制成记账凭证汇总表。

（四）登记中旬的总账

根据中旬的记账凭证汇总表，将各总账科目的借方发生额和贷方发生额分别登记在对应的总账上。

其中：

月日：12 月 20 日。

凭证编号：汇总 2。

摘要：填写"汇总登记 11~20 日凭证"。

借方、贷方：按汇总表中的金额填写。

借或贷：按余额的方向填写。

余额：按月初余额与本旬的借方和贷方发生额计算得出。

见"银行存款"科目的示例。

五、下旬经济业务的处理

（一）根据下旬的原始凭证编制记账凭证

根据东方机械制造有限责任公司 12 月 21—31 日的原始凭证第 38~72 笔业务，逐一编制记账凭证。

（二）根据记账凭证及所附的原始凭证逐一登记明细账或日记账

凡在所编制的记账凭证中有明细科目的，都应根据记账凭证及所附的原始凭证逐一登记在其明细账上，如是库存现金和银行存款则应逐笔登记在日记账上。

各明细账所登记的账簿是有区别的，详见上旬说明。

见登记第 1 笔业务明细账的示例。

（三）编制下旬的记账凭证汇总表

（四）登记下旬的总账

根据下旬的记账凭证汇总表，将各总账科目的借方发生额和贷方发生额分别登记在对应的总账上。

其中：

月日：12 月 31 日。

凭证编号：汇总 3。

摘要：填写"汇总登记 21～31 日凭证"。

借方、贷方：按汇总表中的金额填写。

借或贷：按余额的方向填写。

余额：按月初余额与本旬的借方和贷方发生额计算得出。

见示例。

六、结账

（1）检查所有经济业务是否已经全部入账，并在此基础上编制总分类账户发生额及余额试算平衡表。

（2）将所有总分类账与所对应的明细分类账、库存现金及银行存款日记账进行核对、保证账账相符。

（3）将全部总分类账、库存现金及银行存款日记账、明细分类账进行月结。

（4）年末进行年结，并将有关账户余额转入下一年度。

七、编制会计报表

（1）根据总分类账户余额以及相关明细分类账户余额，按照编制报表的方法，编制"资产负债表"。

（2）根据损益类账户的发生额及其他有关账户，按照编制报表的方法，编制"利润表"。

八、实习成果

（1）每人需将根据经济业务发生后所编制的记账凭证及所附的原始凭证、记账凭证汇总表，按月装订成册，并按照要求认真填写好记账凭证封皮。

（2）每人需将总账及日记账账簿使用登记表按格式填写好，将三栏式明细分类账、数量金额式明细分类账、多栏式明细分类账，分别装订成册并认真填写好账簿使用登记表。

（3）每人需将"资产负债表"、"利润表"报表封皮装订好，填写编报单位名称及实习者的姓名。

（4）每人需按照要求全部完成后，装入档案袋，填写清楚所装内容交给实习指导老师。

(5) 写出实习报告。

第三节 实习单位期初资料及原始凭证

一、东方机械制造有限责任公司 2010 年 12 月有关资料

(一) 有关总账账户年初余额

有关总账账户年初余额如图表 5-1 所示。(不在账簿中填写,只作为资产负债表的期初余额)

图表 5-1

有关总账账户年初余额 单位:元

会 计 科 目	借 方 余 额	贷 方 余 额
库存现金	1 500	
银行存款	285 739	
应收账款	35 000	
应收票据	48 000	
原材料	86 695	
库存商品	79 800	
固定资产	1 005 000	
累计折旧		110 000
短期借款		80 000
应付账款		98 630
长期借款		130 000
实收资本		1 060 000
资本公积		63 104

(二) 12 月初各有关总账账户期初余额

12 月初各有关总账账户期初如图表 5-2 所示。(开设账户需登记的期初余额)

图表 5-2

12 月初各有关总账账户期初余额 　　　　　单位：元

会 计 科 目	借方余额	贷 方 余 额
库存现金	4 800	
银行存款	486 231	
应收账款	98 000	
原材料	37 000	
库存商品	78 500	
固定资产	1 005 000	
累计折旧		126 000
短期借款		200 000
应付账款		117 000
应付职工薪酬		80 000
应交税费		32 931
实收资本		1 060 000
资本公积		30 000
盈余公积		48 600
未分配利润		15 000
合　　　计	1 709 531	1 709 531

（三）1—11 月份各损益类账户的累计发生额

1—11 月份各损益类账户的累计发生额如图表 5-3 所示。

图表 5-3

1-11 月份各损益类账户的累计发生额 　　　　　单位：元

会 计 科 目	借方累计发生额	贷方累计发生额
主营业务收入		790 000
主营业务成本	563 000	
销售费用	43 560	
管理费用	82 100	
财务费用	6 150	
营业外收入		800
营业外支出	7 150	

（四）12 月初各有关明细分类账余额

12 月初有关明细分类账余额如图表 5-4 所示。

图表 5-4

12 月初各有关明细分类账余额

账 户 名 称	数 量	单位成本/元	金额/元
原材料——甲材料	1 200 千克	10	12 000
原材料——乙材料	1 000 千克	15	15 000
原材料——丙材料	500 千克	20	10 000
库存商品——A 产品	100 件	285	28 500
库存商品——B 产品	200 件	250	50 000
实收资本——鼎力公司			400 000
实收资本——恒远公司			260 000
实收资本——金鑫集团			400 000
应收账款——光华公司			50 000
应收账款——新华公司			48 000
应付账款——兴隆公司			81 900
应付账款——兴新公司			35 100

（五）东方机械制造有限责任公司 12 月份发生经济业务

（1）2 日，采购员孙林出差预借差旅费 4 000 元。（附借款单一张）

（2）2 日，从开户银行提取现金 1 000 元，用于零星开支。（填写现金支票一张）

（3）3 日，收回新华公司还来前欠货款 28 000 元，存入银行。（收到转账支票一张，并填写进账单一张）

（4）3 日，仓库发出甲材料 800 千克，单价 10 元，其中：生产 A 产品耗用 400 千克，B 产品耗用 300 千克，车间一般耗用 100 千克。（附发出材料汇总表一张）

（5）3 日，仓库发出乙材料 500 千克，用于生产 A 产品；发出丙材料 260 千克，用于生产 B 产品。（附领料单二张）

（6）4 日，向兴新公司购进甲材料 620 千克，单价 10 元；购进乙材料 380 千克，单价 15 元；税率 17%，材料已验收入库，货款尚未支付。（附增值税专用发票一张，收料单一张）

（7）4日，开出金额为32 931元的银行转账支票一张，用于缴纳上月税款。（税收缴款单一张，转账支票存根一张）

（8）4日，开出银行转账支票一张，金额为100 000元，归还银行短期借款。（转账支票存根一张，特种转账传票一张）

（9）5日，向兴远公司购进丙材料500千克，单价20元，税率17%，材料已验收入库，货款尚未支付。（附增值税发票一张，收料单一张）

（10）5日，以银行存款支付产品的电视广告费2 000元。（附转账支票存根一张，电视广告费收据一张）

（11）5日，发放职工工资72 000元。（附工资发放表一份，转账支票存根一张）

（12）5日，购进不需要安装的生产用机器设备一台，价值58 000元，增值税税率为17%，开出转账支票支付。（附增值税发票一张，转账支票存根一张）

（13）6日，售给新华公司B产品80件，每件510元，税率17%，货款已全部收回存入银行。（附收账通知单一张，增值税发票一张，出库单一张）。

（14）6日，向兴新公司购进乙材料500千克，单价15元，税率17%，货款以银行存款支付。材料已验收入库。（附增值税专用发票一张，转账支票存根一张，收料单一张）

（15）7日，以银行存款支付厂区绿化费1 200元。（附环保收费收据一张，转账支票存根一张）

（16）7日，收到银行转来的支付电信营业部的电话费付款通知，金额420元。（附转账支票存根一张，电信营业厅收费收据一张）

（17）8日，售给光华公司A产品30件，单价490元，税率17%，款项尚未收回。（附增值税专用发票一张，出库单一张）

（18）9日，孙林出差归来，报销差旅费3 800元，余款退回。（附差旅费报销单一张，现金收据一张）

（19）9日，仓库发出甲材料700千克，其中：生产A产品耗用400千克，B产品耗用250千克，车间一般耗用50千克。（附发出材料汇总表一张）

（20）9日，仓库发出乙材料400千克，用于生产A产品；发出丙材料230千克，用于生产B产品。（附领料单二张）

（21）10日，收回光华公司还来前欠货款50 000元，存入银行。（收到转账支票一张，并填写进账单一张）

（22）10日，用现金购买办公用品1 380元。（附零售业发票一张）

（23）11日，向兴新公司购进甲材料500千克，单价10元；购进乙材料400千克，单价15元；税率17%，材料未到，货款尚未支付。（附增值税专用发票一张）

（24）12日，售给光华公司A产品30件，单价490元，税率17%，货款已全部收回存入银行。（附增值税专用发票一张，收账通知单一张，出库单一张）

（25）12日，售给新华公司B产品70件，每件510元，税率17%，货款尚未收回。（附

增值税专用发票一张，出库单一张）

（26）13 日，8 日销售给光华公司的货款 17 199 元收回，存入银行。（附收账通知单一张）

（27）13 日，11 日向兴新公司购进的甲材料、乙材料已全部到货，检验后入库。（附材料入库单一张）

（28）14 日，以现金支付车间机器设备维修费 200 元。（附机器设备维修费发票一张）

（29）14 日，收回新华公司还来前欠货款 20 000 元，存入银行。（附收账通知单一张）

（30）15 日，开出转账支票一张，金额 81 900 元，偿还前欠兴隆公司货款。（附转账支票存根一张）

（31）15 日，从银行提取现金 1 500 元，用于零星开支。（附现金支票存根一张）

（32）16 日，以现金支付本月律师咨询费 600 元。（附费用收据一张）

（33）18 日，归还到期的短期借款 100 000 元，用银行存款支付。（附银行特种转账传票一张）

（34）19 日，支付预订下年度报刊杂志费 5 600 元。（附报刊杂志订阅费收据一张，转账支票存根一张）

（35）19 日，收到银行转来的本季度利息付款通知单，支付本季度利息费用 9 000 元。（附利息付款通知单一张）

（36）20 日，收回 12 日销售给新华公司 B 产品的销货款 41 769 元，存入银行。（附收账通知单一张）

（37）20 日，以现金支付车间购办公用品费 220 元。（附零售业统一销货发票一张）

（38）21 日，向兴新公司购进甲材料 600 千克，单价 10 元，税率 17%，支付运费 50 元，材料已验收入库，货款及运费以银行存款支付。（附增值税发票一张，转账支票存根一张，运费收据一张，收料单一张）

（39）21 日，向兴远公司购进丙材料 350 千克，单价 20 元，税率 17%，材料未到，货款尚未支付。（附增值税专用发票一张）

（40）22 日，开出转账支票一张 12 870 元，支付 11 日向兴新公司购进的甲材料、乙材料款。（附转账支票存根一张）

（41）22 日，仓库发出甲材料 260 千克，其中：生产 A 产品耗用 130 千克，B 产品耗用 100 千克，车间一般耗用 30 千克。（附发出材料汇总表一张）

（42）22 日，仓库发出乙材料 100 千克，用于生产 A 产品；发出丙材料 200 千克，用于生产 B 产品。（附领料单二张）

（43）23 日，支付市区环卫局第四季度卫生费 1 500 元，以转账支票支付。（附转账支票存根一张，卫生系统收费收据一张）

（44）23 日，支付大众汽车修理厂行政管理部门小汽车修理费 2 350 元，以转账支票支付。（附汽车修理费发票一张，转账支票存根一张）

（45）24 日，由于排污设施老化，排除污水未达标，被罚款 3 000 元，以银行存款支付。（附罚款通知单一张，转账支票存根一张）

（46）24 日，从银行提取现金 1 000 元，以备零星开支。（附现金支票存根一张）

（47）26 日，用现金 800 元购入车间使用劳保用品，已投入使用。（附零售业销售发票一张）

（48）26 日，21 日向兴远公司购进丙材料货款 8 190 元开出转账支票支付。（附转账支票存根一张）

（49）27 日，售给光华公司 A 产品 40 件，单价 490 元，税率 17%，款项尚未收回。（附增值税专用发票一张，出库单一张）

（50）27 日，售给新星公司 B 产品 40 件，每件 510 元，税率 17%，货款尚未收回。（附增值税专用发票一张，出库单一张）

（51）27 日，商务厅在省展览馆举办商品洽谈会，本企业租赁展台一个，费用 3 000 元，以银行转账支票付讫。（附转账支票存根一张，租赁展台收据一张）

（52）27 日，购入需要安装的生产设备一台，价值 100 000 元，增值税 17 000 元，开出转账支票支付。（附增值税专用发票一张，转账支票存根一张）

（53）28 日，以银行存款支付购入机器设备的安装调试费 4 500 元。（附安装调试费发票一张，转账支票存根一张）

（54）28 日，机器设备安装调试完毕，交付生产车间使用。（附固定资产交接单一张）

（55）29 日，年终生产安全检查一行六人来公司安全检查，发生业务招待费 860 元，开出转账支票付讫。（附餐饮业发票十张，转账支票存根一张）

（56）30 日，计提本月固定资产折旧，车间 7 250 元，行政管理部门 2 370 元。（附固定资产折旧计算表一张）

（57）31 日，结转本月发出材料成本。（附材料费用汇总表一张）。

（58）31 日，分配结转本月工资费用，生产 A 产品工人工资 18 000 元；B 产品工人工资 16 600 元；行政管理部门人员工资 8 200 元；车间管理部门人员工资 5 400 元。销售部门人员工资 6 000 元。按工资总额的 14% 计提职工福利费；2% 计提工会经费；1.5% 计提职工教育经费。（附职工薪酬费用分配表一张）

（59）31 日，编制制造费用分配表，按生产工人工资比例分配。（编制制造费用分配表一张）

（60）31 日，本月投产的 A、B 产品均已生产完工，A、B 产品各完工 180 件（假设无月初余额），计算本月 A、B 产品的总成本及单位成本。（附完工产品成本计算表一张）

（61）31 日，结转本月已销产品的实际成本。（编制已销产品成本计算表一张）

（62）31 日，存货盘点发现，B 产品盘亏 5 件，系月出库存商品，原因尚待查明。（附库存商品溢余短缺报告单一张）（说明：盘亏的库存商品，其所耗材料已抵扣的进项税额已进行进项税额转出处理，在这暂不考虑）。

(63) 31 日，经查，上述存货盘亏属于自然损耗，经董事会批准，予以核销处理。（附处理意见书一张）

(64) 31 日，计算本月应交增值税，并按应交数缴纳增值税。（附增值税缴款书一张，转账支票存根略）

(65) 31 日，计算本月应交城市维护建设税及教育费附加。（附城市维护建设税缴款书一张，转账支票存根略）

(66) 31 日，结转本年收入类账户余额。（附收入类账户结转计算表一张）

(67) 31 日，结转本年费用类账户余额。（附费用类账户结转计算表一张）

(68) 31 日，计算并结转本月应交所得税。（附所得税费用计算表一张）（应纳税所得额和利润总额无差异）

(69) 31 日，按规定提取法定盈余公积金，提取比例10%。（附盈余公积计算表一张）

(70) 31 日，经董事会研究决定，按20%的比例向投资人分配利润。（附利润分配计算表一张）

(71) 31 日，结转本月净利润到利润分配未分配账户。

(72) 31 日，结转本月各利润分配明细账户余额到利润分配未分配账户。

二、原始凭证

对于自制原始凭证，要求根据自己所担任的角色签章。并在第二笔和第三笔业务中练习支票及进账单的填写。

【1】

差旅费借款单

2010 年 12 月 2 日　　　　　　No：123586

借款人	孙林	借款单位	销售部	
借款事由	外出采购商品	出差地点	滨江市	财务记账联
人民币（大写）：肆仟元整			￥4 000.00	
主管领导：	出纳：		借款人：孙林	

【2】

现金支票存根	中国工商银行　现金支票〔晋〕											CK 2010641
CK 2010641 02	出票日期（大写）　　年　月　日　　付款行名称											02
附加信息 _____	收款人　　　　　　　　　　　出票人账号											
出票日期　年 月 日	人民币 （大写）			十	万	千	百	十	元	角	分	
收款人：_____	用途											
金　额：_____	上列款项请从											
用　途：_____	我账户内支付											
	出票人签章　　　　　　　　复核　　　记账											
单位主管　　会计												

【3】

转账支票存根	中国工商银行　转账支票〔晋〕											CK 2010631
CK 2010631 02	出票日期（大写）贰零壹零年壹拾贰月零贰日　付款行名称：工行大支											02
附加信息	收款人：龙城市东方机械制造有限责任公司　　出票人账号：020325178											
出票日期：2010 年 12 月 2 日	人民币　贰万捌仟元整 （大写）			十	万	千	百	十	元	角	分	
收款人：东方机械制造有 限责任公司				￥	2	8	0	0	0	0	0	
金　额：28000.00	用途　货款											
用　途：收回欠款	上列款项请											
	从我账户内支付											
单位主管　　会计	出票人签章　　　　　　　　复核　　　记账											

中国工商银行进账单（回单或收账通知）
年　月　日

付款人	全　称		收款人	全　称	
	账号或地址			账号或地址	
	开户银行			开户银行	

人民币（大写）：		千	百	十	万	千	百	十	元	角	分
票据种类											
票据张数		收款人开户银行盖章									
单位主管　　会计　　复核　　记账											

【4】

发出材料汇总表

2010 年 12 月 3 日　　　　　　　凭证编号：1751

用　途	甲　材　料		
	数量 / 千克	单价 /（元 / 千克）	金额 / 元
生产 A 产品耗用	400	10	4 000
生产 B 产品耗用	300	10	3 000
车间一般耗用	100	10	1 000
合　计	800		8 000

记账　　　　发料 李翔　　　　领料部门负责人 王小伟　　　　领料 刘春明

【5】

领 料 单

凭证编号：1851

领用部门：生产车间　　　　　　2010 年 12 月 3 日　　　　　　发料仓库：一号库

材料类别	材料编号	材料名称	规格	计量单位	数量		单价	金额	用途
					请领	实领			
原材料		乙材料		千克	500	500	15	7 500	生产A产品
合计					500	500	15	7 500	

记账　　　　　发料 李翔　　　　　领料部门负责人 王小伟　　　　　领料 刘春

领 料 单

凭证编号：1852

领用部门：生产车间　　　　　　2010 年 12 月 3 日　　　　　　发料仓库：一号库

材料类别	材料编号	材料名称	规格	计量单位	数量		单价	金额	用途
					请领	实领			
原材料		丙材料		千克	260	260	20	5 200	生产B产品
合计					260	260	20	5 200	

记账　　　　　发料 李翔　　　　　领料部门负责人 王小伟　　　　　领料 刘春明

【6】

1400049140	增值税专用发票				No 0087019		

抵扣联　　　　　　　开票日期：2010 年 12 月 4 日

购货单位	名　　　称：龙城市东方机械制造有限责任公司 纳税人识别号：123459876885918 地址、电话：花园路 10 号 83088588 开户行及账号：龙城市工商银行 055026018891					密码区	

货物或应税劳务名称	规格型号	单位	数量	单价	金额	税率	税额
甲材料		千克	620	10	6200.00	17%	1540.00
乙材料		千克	380	15	5700.00		969.00
合计					¥11900.00		¥2023.00

价税合计（大写）	⊗壹万叁仟玖佰贰拾叁元整		（小写）¥13923.00

销货单位	名　　　称：龙城市兴新公司 纳税人识别号：432518769324006 地址、电话：闸北路 5 号 80026906 开户行及账号：龙城市工商银行汾东支行 05502601	备注

收款人：　　　复核：　　　开票人：王芳　　　销货单位（章）

第二联　抵扣联

1400049140	增值税专用发票				No 0087019		

发票联　　　　　　　开票日期：2010 年 12 月 4 日

购货单位	名　　　称：龙城市东方机械制造有限责任公司 纳税人识别号：123459876885918 地址、电话：花园路 10 号 83088588 开户行及账号：龙城市工商银行 055026018891					密码区	

货物或应税劳务名称	规格型号	单位	数量	单价	金额	税率	税额
甲材料		千克	620	10	6200.00	17%	1540.00
乙材料		千克	380	15	5700.00		969.00
合计					¥11900.00		¥2023.00

价税合计（大写）	⊗壹万叁仟玖佰贰拾叁元整		（小写）¥13923.00

销货单位	名　　　称：龙城市兴新公司 纳税人识别号：432518769324006 地址、电话：闸北路 5 号 80026906 开户行及账号：龙城市工商银行汾东支行 05502601	备注

收款人：　　　复核：　　　开票人：王芳　　　销货单位（章）

第三联　购货方记账联

收 料 单

供货单位：龙城市兴新公司　　　　　　2010 年 12 月 4 日　　　　　　发票编号：008120004

材料类别	材料编号	材料名称及规格	计量单位	数量		金额			
				应收/千克	实收/千克	单价	买价	采购费用	合计
主要材料		甲材料	千克	620	620	10	6 200		6 200
		乙材料	千克	380	380	15	5 700		5 700
备注						合计	11 900		11 900

仓库保管员　江山　　　　　　　　　　　　　　　收料人　李达

【7】

中华人民共和国
税 收 缴 款 书

隶属关系：

经济类型：有限责任公司　　　　填发日期：2010 年 12 月 4 日　　　收入机关：龙城市国税局市北分局

缴款单位	代码	123459876885918	预算科目	款	增值税
	全称	龙城市东方机械制造有限责任公司		项	一般增值税
	开户银行	龙城市工商银行		级次	中央级
	账号	055026018891		收缴国库	龙城工商行市北区办

款项所属时期：2010 年 11 月 1 日—31 日　　　　　款项限缴日期：2010 年 12 月 4 日

品名名称	课税数量	计税金额或销售收入	税率或单位税额	已缴或扣除项	实缴税额									
					千	百	十	万	千	百	十	元	角	分
工业			17%				3	2	9	3	1	0	0
金额合计	人民币（大写）叁万贰仟玖佰叁拾壹元零角零分				￥	3	2	9	3	1	0	0	

缴款单位（人）盖章　经办人章	税务机关（盖章）填票人章	上列款项已收妥并划转收款单位账户 国库（银行）盖章　年　月　日	备注

第一联：（收据联）　国库收款盖章后退缴款

单位（个人）作完税凭证

中国工商银行转账支票存根

支票号码 CK 2010631
02

附加信息：_____

_____

出票日期：2010 年 12 月 4 日

| 收款人：龙城市国税局市 |
| 金　额：100000.00 |
| 用　途：交纳税款 |

单位主管　　会计

【8】

中国工商银行龙城市支行特种转账贷方传票

2010 年 12 月 4 日

付款人	全　称	龙城市东方机械制造有限责任公司	收款人	全　称	龙城市工商银行
	账号或地址	055026018891　花园路10号		账号或地址	0165
	开户银行	龙城市工商银行		开户银行	

人民币（大写）：壹拾万元整	千	百	十	万	千	百	十	元	角	分
			¥	1	0	0	0	0	0	0	0

说明：

　　还借款

科目（贷）

对方科目（借）

复核员　　　　记账员

中国工商银行转账支票存根

支票号码 CK 2010632
02

附加信息：_____

_____

出票日期：2010 年 12 月 4 日

| 收款人：　工商银行 |
| 金　额：　100000.00 |
| 用　途：　还借款 |

单位主管　　会计

【9】

1400049140	增值税专用发票				No 0086991			
	抵扣联				开票日期: 2010 年 12 月 5 日			

购货单位	名　　　称：龙城市东方机械制造有限责任公司 纳税人识别号：123459876885918 地　址、电话：花园路10号 83088588 开户行及账号：龙城市工商银行 055026018891				密码区			
货物或应税劳务名称	规格型号	单位	数量	单价	金额	税率	税额	
丙材料		千克	500	20.00	10000.00	17%	1700.00	
合计					￥10000.00		￥1700.00	
价税合计（大写）	⊗壹万壹仟柒佰零拾零元零角零分					（小写）￥11700.00		
销货单位	名　　　称：龙城市兴远公司 纳税人识别号：513250000123478 地　址、电话：闸南路1号 83426978 开户行及账号：龙城市工商银行汾西支行 00356602				备注			

收款人：　　　　复核：　　　　开票人：杨阳　　　　销货单位（章）

第二联　抵扣联

1400049140	增值税专用发票				No 0086991			
	发票联				开票日期: 2010 年 12 月 5 日			

购货单位	名　　　称：龙城市东方机械制造有限责任公司 纳税人识别号：123459876885918 地　址、电话：花园路10号 83088588 开户行及账号：龙城市工商银行 055026018891				密码区			
货物或应税劳务名称	规格型号	单位	数量	单价	金额	税率	税额	
丙材料		千克	500	20.00	10000.00	17%	1700.00	
合计					￥10000.00		￥1700.00	
价税合计（大写）	⊗壹万壹仟柒佰零拾零元零角零分					（小写）￥11700.00		
销货单位	名　　　称：龙城市兴远公司 纳税人识别号：513250000123478 地　址、电话：闸南路1号 83426978 开户行及账号：龙城市工商银行汾西支行 00356602				备注			

收款人：　　　　复核：　　　　开票人：杨阳　　　　销货单位（章）

第三联　购货方记账联

收料单

供货单位：龙城市兴远公司　　　　2010 年 12 月 5 日　　　　编号：008120002

材料类别	材料编号	材料名称及规格	计量单位	应收/千克	实收/千克	单价	买价	采购费用	合计
主要材料		丙材料	千克	500	500	20	10000		10000
备注						合计	10000		10000

仓库保管员 江山　　　　　　　　收料人 李达

【10】

中国工商银行转账支票存根

支票号码 CK 2010633 02

附加信息：＿＿＿＿

出票日期：2010 年 12 月 5 日

收款人：	广告公司
金　额：	2000.00
用　途：	支付广告费

单位主管　　　会计

龙城市广告业专用发票

2010 年 12 月 5 日　　　　No:0065421

客户名称：龙城市东方机械制造有限责任公司

项目	单位	数量	单价	十	万	千	百	十	元	角	分
产品广告（电视）	次	20	100.00			2	0	0	0	0	0
合计金额（大写）：贰仟元整				¥	2	0	0	0	0	0	

单位盖章：（章）　　　　收款人：席达　　　　开票人：陆敏

报销凭证

【11】

中国工商银行转账支票存根

支票号码 CK 2010634
02

附加信息：_____

_____

出票日期：**2010 年 12 月 5 日**

收款人：_____

金　额：**72000.00**

用　途：**发工资**

单位主管　　会计

工资发放汇总表

2010 年 12 月 5 日

序号	月份	所在部门	姓名	基础薪	津贴	独补	住房公积金	应发工资项	代扣款项	实发工资项
1	12	生产部门合计	…	…	…	…	…	34 640	…	34 640
2	12	车间管理部门合计	…	…	…	…	…	8 220	…	8 220
3	12	管理部门	…	…	…	…	…	29 140	…	29 140
		…	…	…	…					
		合计						72 000		72 000

【12】

1400049140　　　　　　　**增值税专用发票**　　　　No 0086997

抵扣联　　　　　　开票日期: 2010 年 12 月 5 日

购货单位	名　称: 龙城市东方机械制造有限责任公司					密码区		
	纳税人识别号: 123459876885918							
	地址、电话: 花园路 10 号 83088588							
	开户行及账号: 龙城市工商银行 055026018891							

货物或应税劳务名称	规格型号	单位	数量	单价	金额	税率	税额
GJ 型机器		台	1	58000	58000.00	17%	9860.00
合计					¥58000.00		¥9860.00

价税合计(大写)　⊗陆万柒仟捌佰陆拾零元零角零分　　　　(小写) ¥67860.00

销货单位	名　称: 龙城市重型机器设备厂	备注
	纳税人识别号: 321568432256216	
	地址、电话: 青年路 2 号 82426908	
	开户行及账号: 龙城市建设银行盘锦支行 50356602	

收款人: 孟子　　　复核:　　　　开票人: 王玉玲　　　销货单位 (章)

第二联　抵扣联

1400049140　　　　　　　**增值税专用发票**　　　　No 0086997

发票联　　　　　　开票日期: 2010 年 12 月 5 日

购货单位	名　称: 龙城市东方机械制造有限责任公司					密码区		
	纳税人识别号: 123459876885918							
	地址、电话: 花园路 10 号 83088588							
	开户行及账号: 龙城市工商银行 055026018891							

货物或应税劳务名称	规格型号	单位	数量	单价	金额	税率	税额
GJ 型机器		台	1	58000	58000.00	17%	9860.00
合计					¥58000.00		¥9860.00

价税合计(大写)　⊗陆万柒仟捌佰陆拾零元零角零分　　　　(小写) ¥67860.00

销货单位	名　称: 龙城市重型机器设备厂	备注
	纳税人识别号: 321568432256216	
	地址、电话: 青年路 2 号 82426908	
	开户行及账号: 龙城市建设银行盘锦支行 50356602	

收款人: 孟子　　　复核:　　　　开票人: 王玉玲　　　销货单位 (章)

第三联　购货方记账联

中国工商银行转账支票存根

支票号码 <u>CK</u> 2010635
　　　　 02

附加信息：＿＿＿＿＿＿＿＿

出票日期：**2010 年 12 月 5 日**

收款人：	重型机器设备厂
金　额：	**67860.00**
用　途：	**购设备**

单位主管　　　会计

【13】

1400049140	增值税专用发票		No　00866678				
		记账联		开票日期：2010 年 12 月 6 日			

购货单位	名　　称：龙城市新华公司 纳税人识别号：335216781346523 地址、电话：和平路15号 82088586 开户行及账号：龙城市建设银行迎宾支行 2302601	密码区	

货物或应税劳务名称	规格型号	单位	数量	单价	金额	税率	税额
B 产品		件	80	510	40800.00	17%	6936.00
合计					￥40800.00		￥6936.00

价税合计（大写）	⊗肆万柒仟柒佰叁拾陆元整	（小写）￥47736.00

销货单位	名　　称：龙城市东方机械制造有限责任公司 纳税人识别号：123459876885918 地址、电话：花园路10号 83088588 开户行及账号：龙城市工商银行 055026018891	备注

收款人：　　　复核：　　　开票人：李新　　　销货单位（章）

第一联　销货方记账联

产品出库单

凭证编号：0541

用途：**销售**　　　　　2010 年 12 月 6 日　　　　　产成品库：一号库

类别	编号	名称	规格	计量单位	数 量	单位成本	总成本
		B 产品		件	80		
合计					80		

记账　　　　保管 江山　　　　检验 李达

第二联　财务记账

委托收款凭证（收账通知）

委托日期：　2010 年 12 月 6 日　　　　托收号码：827

收款人	全称	龙城市东方机械制造有限责任公司		付款人	全称	龙城市新华公司										
	账号或地址	花园路 10 号　055026018891			账号或地址	和平路 15 号　230-5516										
	开户银行	龙城市工商银行			开户银行	龙城市建设银行迎宾支行										

	亿	千	百	十	万	千	百	十	元	角	分
人民币（大写）：肆万柒仟柒佰叁拾陆元整				¥	4	7	7	3	6	0	0

附寄单证张数	2	商品发运情况		已发	合同号码	GB-006
票据张数						
备注		款项受托日期　年　月　日			收款人开户银行盖章(章)　　　年　月　日	

161

中国工商银行转账支票存根

支票号码 CK 2010636
02

附加信息：＿＿＿＿＿＿＿＿＿

＿＿＿＿＿＿＿＿＿＿＿＿＿

出票日期：**2010 年 12 月 6 日**

| 收款人：兴新公司 |
| 金　额：8775.00 |
| 用　途：购材料 |

单位主管　　　会计

【14】

1400049140		**增值税专用发票**			No 0087017			
		抵扣联			开票日期：2010 年 12 月 6 日			
购货单位	名　　称：龙城市东方机械制造有限责任公司 纳税人识别号：123459876885918 地址、电话：花园路 10 号 83088588 开户行及账号：龙城市工商银行 055026018891				密码区			
货物或应税劳务名称	规格型号	单位	数量	单价	金额	税率	税额	
乙材料		千克	500	15	7500.00	17%	1275.00	
合计					￥7500.00		￥1275.00	
价税合计（大写）　⊗捌仟柒佰柒拾伍元整						（小写）　￥8775.00		
销货单位	名　　称：龙城市兴新公司 纳税人识别号：432518769324006 地址、电话：闸北路 5 号 80026906 开户行及账号：龙城市工商银行汾东支行 05502601				备注			
收款人：王良　　　复核：　　　　　开票人：王云开　　　　销货单位（章）								

第二联 抵扣联

1400049140 　　　　**增值税专用发票** 　　　No 0087017

购货单位	名　　　称: 龙城市东方机械制造有限责任公司 纳税人识别号: 123459876885918 地址、电话: 花园路 10 号 83088588 开户行及账号: 龙城市工商银行 055026018891	密码区				

货物或应税劳务名称	规格型号	单位	数量	单价	金额	税率	税额
乙材料		千克	500	15	7500.00	17%	1275.00
合计					¥ 7500.00		¥ 1275.00

价税合计 (大写)	⊗捌仟柒佰柒拾伍元整	(小写) ¥ 8775.00

销货单位	名　　　称: 龙城市兴新公司 纳税人识别号: 432518769324006 地址、电话: 闸北路 5 号 80026906 开户行及账号: 龙城市工商银行汾东支行 05502601	备注

收款人: 王良 　　　复核: 　　　开票人: 王云开 　　　销货单位 (章)

第三联 购货方记账联

收料单

供货单位: 龙城市兴新公司 　　　2010 年 12 月 6 日 　　　编号: 008120003

材料 类别	材料 编号	材料 名称及 规格	计量 单位	数　量		金　额			
				应收 /千克	实收 /千克	单价	买价	采购 费用	合计
主要材料		乙材料	千克	500	500	15	7500		7500
备注						合计	7500		7500

仓库保管员 江山 　　　　　　　收料人 李达

【15】

环卫业收款收据

2010 年 12 月 7 日　　　　　　　　　　　　　No：030256

缴款单位	全　　称	龙城市东方机械制造有限责任公司	收款单位	全　　称	龙城市绿化园林局
	账号或地址	055026018891　　花园路 10 号		账号或地址	006-3325
	开户银行	龙城市工商银行		开户银行	龙城市农业银行

项　　目		金　　额									
		千	百	十	万	千	百	十	元	角	分
绿色灌木							5	0	0	0	0
鲜花	串串红、黄菊						7	0	0	0	0

合计金额人民币（大写）：壹仟贰佰元整　　　　　¥：1 200.00

收款单位：　　　　　复核：丁芸　　　　　经办人：李燕

中国工商银行转账支票存根

支票号码 CK 2010637
　　　　　　　　02

附加信息：
_____

_____

出票日期：2010 年 12 月 7 日

收款人：龙城市绿化园林局

金　额：1200.00

用　途：绿化费

单位主管　　会计

【16】

龙城市电信局租费收据

No:8946

收款日期：**2010 年 12 月 7 日**

用户名称：龙城市东方机械制造有限责任公司

电话号码：

市话费：420.00

长话费：0.00

变动费：0.00

金额合计：420.00

滞纳金：0.00

实收费：420.00

合计人民币（大写）肆佰贰拾元整

经手人：乔丽

中国工商银行转账支票存根

支票号码 CK 2010638
02

附加信息：

出票日期：**2010 年 12 月 7 日**

| 收款人：龙城市电信局 |
| 金 额： 420.00 |
| 用 途： 支付电话费 |

单位主管　　　会计

【17】

1400049140		增值税专用发票					No 0086678			

记账联 　　　　　　　　开票日期：2010 年 12 月 8 日

购货单位	名　　称：龙城市光华公司						密码区			
	纳税人识别号：355122631456715									
	地址、电话：大同路 3 号 82188637									
	开户行及账号：龙城市工商银行大同路支行 035260									

货物或应税劳务名称	规格型号	单位	数量	单价	金额	税率	税额
A 产品		件	30	490	14700.00	17%	2499.00
合计					¥14700.00		¥2499.00

价税合计（大写）	⊗壹万柒仟壹佰玖拾玖元整	（小写）　¥17199.00

销货单位	名　　称：龙城市东方机械制造有限责任公司	备注
	纳税人识别号：123459876885918	
	地址、电话：花园路 10 号 83088588	
	开户行及账号：龙城市工商银行 055026018891	

收款人：　　　　复核：　　　　开票人：李新　　　　销货单位（章）

第一联　销货方记账联

产品出库单

凭证编号：0542

用途：销售　　　　　　　2010 年 12 月 6 日　　　　　　　产成品库：一号库

类别	编号	名称	规格	计量单位	数量	单位成本	总成本
		A 产品		件	30		
合计					30		

记账　　　　　　　保管 江山　　　　　　　检验 王山

第二联　财务记账

【18】

收　据

2010 年 12 月 9 日　　　　　　　　　第 97 号

今收到：孙林	
人民币（大写）：贰佰元整	￥：200.00
事由： 　　差旅费余款退回	现金 √
	支票第　　号

收款单位　　　　　财务主管　张明　　　　　收款人　张为

差 旅 费 报 销 单

单位：销售部　　　　　　　　　2010 年 12 月 9 日

姓　　名			孙林			出 差 事 由			外 出 采 购 材 料				
出 发 地			到 达 地			公 出 补 助			车船飞机费	卧铺	宿费	市内车费	邮电费	其他	金额合计
月	日	时	地点	月	日	时	地点	天数	标准	金额							
12	2	15	龙城	12	3	5	海滨					360					
12	8	6	海滨	12	8	16	龙城					360					
								7	60	420		720	1 306			1 354	3 800

合计人民币（大写）：叁仟捌佰元整　　　　预支：4 000　　核销：3 800　　交回：200

单位领导：王鹏　　　　财务主管：张明　　　　审核人：张为

【19】

发出材料汇总表

2010 年 12 月 9 日   凭证编号：1752

用　途	甲　材　料		
	数量 / 千克	单价/(元 / 千克)	金额 / 元
生产 A 产品耗用	400	10	4 000
生产 B 产品耗用	250	10	2 500
车间一般耗用	50	10	500
合　计	700		7 000

记账　　　　发料 李翔　　　　领料部门负责人 王小伟　　　　领料 刘春明

【20】

领　料　单

凭证编号：1853

领用部门：生产车间　　　　2010 年 12 月 9 日　　　　发料仓库：一号库

材料类别	材料编号	材料名称	规格	计量单位	数　量		单价	金额	用途
					请领	实领			
原材料		乙材料		千克	400	400	15	6 000	生产B产品
合计					400	400	15	6 000	

记账　　　　发料 李翔　　　　领料部门负责人 王小伟　　　　领料 刘春明

领 料 单

凭证编号：1854

领用部门：生产车间　　　　　　2010 年 12 月 9 日　　　　　　发料仓库：一号库

材料类别	材料编号	材料名称	规格	计量单位	数 量		单价	金额	用途
					请领	实领			
原材料		丙材料		千克	230	230	20	4 600	生产B产品
合计					230	230	20	4 600	

记账　　　　　发料 李翔　　　　　领料部门负责人 王小伟　　　　　领料 刘春明

【21】

中国工商银行进账单（回单或收账通知）

2010 年 12 月 10 日

付款人	全　称	光华公司	收款人	全　称	龙城市东方机械制造有限责任公司									
	账号或地址	030045642		账号或地址	020325178									
	开户银行	龙城市农业银行		开户银行	龙城市工商银行									
人民币（大写）：伍万元整					千	百	十	万	千	百	十	元	角	分
								5	0	0	0	0	0	0
票据种类				收款人开户银行盖章										
票据张数														
单位主管　　会计　　复核　　记账														

【22】

龙城市商业零售企业统一发票

2010 年 12 月 10 日　　　　　　　　No：0973562

购货单位：龙城市东方机械制造有限责任公司

货号	名称	规格	等级	单位	数量	单价	金额								
							百	十	万	千	百	十	元	角	分
	A4 纸			箱	8	150			1	2	0	0	0	0	0
	笔			盒	2	40					8	0	0	0	0
	计算器			个	2	50				1	0	0	0	0	0
合计金额（大写）：壹仟叁佰捌拾元整							¥	1	3	8	0	0	0

单位盖章：　　　　　　　　收款人：王平　　　　　　　　制票人：赵英

报销凭证

【23】

1400049140	## 增值税专用发票	No　0087019

抵扣联　　　　　　　　开票日期：2010 年 12 月 11 日

购货单位	名　　称：龙城市东方机械制造有限责任公司				密码区
	纳税人识别号：123459876885918				
	地　址、电话：花园路 10 号 83088588				
	开户行及账号：龙城市工商银行 055026018891				

货物或应税劳务名称	规格型号	单位	数量	单价	金额	税率	税额
甲材料		千克	500	10	5000.00	17%	850.00
乙材料		千克	400	15	6000.00		1020.00
合计					¥11000.00		¥1870.00

价税合计（大写）	⊗壹万贰仟捌佰柒拾零元整	（小写）　¥12870.00

销货单位	名　　称：龙城市兴新公司				备
	纳税人识别号：432518769324006				
	地　址、电话：闸北路 5 号 80026906				
	开户行及账号：龙城市工商银行汾东支行 05502601				注

收款人：　　　　复核：　　　　开票人：王芳　　　　销货单位（章）

第二联　抵扣联

1400049140　　　　　　　**增值税专用发票**　　　　No 0087019

发票联　　　　　　　　开票日期: 2010 年 12 月 11 日

购货单位	名　　称:	龙城市东方机械制造有限责任公司	密码区					
	纳税人识别号:	123459876885918						
	地址、电话:	花园路 10 号 83088588						
	开户行及账号:	龙城市工商银行 055026018891						

货物或应税劳务名称	规格型号	单位	数量	单价	金额	税率	税额
甲材料		千克	500	10	5000.00	17%	850.00
乙材料		千克	400	15	6000.00		1020.00
合计					¥11000.00		¥1870.00

价税合计(大写)	⊗壹万贰仟捌佰柒拾零元整	(小写) ¥12870.00

销货单位	名　　称:	龙城市兴新公司	备	
	纳税人识别号:	432518769324006		
	地址、电话:	闸北路 5 号 80026906		
	开户行及账号:	龙城市工商银行汾东支行 05502601	注	

收款人:　　　　　复核:　　　　　开票人: 王芳　　　　销货单位(章)

第三联 购货方记账联

【24】

委托收款凭证 (收账通知)

委托日期　　　　　2010 年 12 月 12 日　　　　　托收号码:828

收款人	全　称	龙城市东方机械制造有限责任公司	付款人	全　称	龙城市光华公司										
	账号或地址	花园路 10 号　055026018891		账号或地址	大同路 3 号　账号为 035-3315										
	开户银行	龙城市工商银行		开户银行	龙城市建设银行迎宾支行										

		亿	千	百	十	万	千	百	十	元	角	分
人民币(大写): 壹万柒仟壹佰玖拾玖元整					¥	1	7	1	9	9	0	0

附寄单证张数	2	商品发运情况	已发	合同号码	GB-006
票据张数					

备注	款项受托日期　　年　月　日	收款人开户银行盖章　　　年　月　日

第四联 售货方记账联

1400049140　　　**增值税专用发票**　　　No　0086679

记账联　　　　　开票日期：2010 年 12 月 12 日

购货单位	名　　称：龙城市光华公司 纳税人识别号：355122631456715 地　址、电话：大同路 3 号 82188637 开户行及账号：龙城市工商银行大同路支行 035260	密码区		

货物或应税劳务名称	规格型号	单位	数量	单价	金额	税率	税额
A 产品		件	30	490	14700.00	17%	2499.00
合计					￥14700.00		￥2499.00

价税合计（大写）	⊗壹万柒仟壹佰玖拾玖元整	（小写）￥17199.00

销货单位	名　　称：龙城市东方机械制造有限责任公司 纳税人识别号：123459876885918 地　址、电话：花园路 10 号 83088588 开户行及账号：龙城市工商银行 055026018891	备注

收款人：　　　复核：　　　开票人：李新　　　销货单位（章）

第一联　销货方记账联

产品出库单　　　凭证编号：0543

用途：销售　　　2010 年 12 月 12 日　　　产成品库：一号库

类别	编号	名称	规格	计量单位	数　量	单位成本	总成本
		A 产品		件	30		
合计					30		

记账　　　　保管 江山　　　　检验 王云

第二联　财务记账联

【25】

| 1400049140 | 增值税专用发票 | No 0086681 |

记账联　　　　　开票日期: 2010 年 12 月 12 日

购货单位	名　　称: 龙城市新华公司	密码区
	纳税人识别号: 335216781346523	
	地址、电话: 和平路 15 号 82188637	
	开户行及账号: 龙城市建设银行迎宾支行 23055	

货物或应税劳务名称	规格型号	单位	数量	单价	金额	税率	税额
B 产品		件	70	510	35700.00	17%	6069.00
合计					¥35700.00		¥6069.00

| 价税合计（大写） | ⊗肆万壹仟柒佰陆拾玖元整 | （小写）¥41769.00 |

销货单位	名　　称: 龙城市东方机械制造有限责任公司	备注
	纳税人识别号: 123459876885918	
	地址、电话: 花园路 10 号 83088588	
	开户行及账号: 龙城市工商银行 055026018891	

收款人：　　　复核：　　　开票人：李新　　　销货单位（章）

第一联　销货方记账联

产品出库单

凭证编号：0544

用途：销售　　　　2010 年 12 月 12 日　　　　产成品库：一号库

类别	编号	名称	规格	计量单位	数量	单位成本	总成本
		B 产品		件	70		
合计					70		

记账　　　　保管 江山　　　　检验 王云

第二联　财务记账联

【26】

委托收款凭证（收账通知）

| 委托日期 | | 2010 年 12 月 13 日 | | | | | | | 托收号码：856 | | | |

	全　称	龙城市东方机械制造有限责任公司	付	全　称	龙城市光华公司								
收款人	账号或地址	花园路 10 号　　055026018891	款人	账号或地址	大同路 3 号　　035-3315								
	开户银行	龙城市工商银行		开户银行	龙城市工商银行大同路支行								

人民币（大写）：壹万柒仟壹佰玖拾玖元整		亿	千	百	十	万	千	百	十	元	角	分
					¥	1	7	1	9	9	0	0

附寄单证张数	2	商品发运情况		合同号码	**GB-216**
票据张数					
备注	款项受托日期　2010 年 12 月 12 日		收款人开户银行盖章 2010 年 12 月 13 日		

【27】

收 料 单

供货单位：龙城市兴新公司　　　　　2010 年 12 月 13 日　　　　　发票编号：008120004

材料类别	材料编号	材料名称及规格	计量单位	数　量		金　额		
				应收/千克	实收/千克	单价	买价	采购费用	合计
主要材料		甲材料	千克	500	500	10	5 000		5 000
		乙材料	千克	400	400	15	6 000		6 000
备注						合计	11 000		11 000

仓库保管员　江山　　　　　　　　　　　　　收料人　李达

【28】

维修业统一发票

2010 年 12 月 14 日

NO：098421

机器所属部门	生产车间	类别	生产用	型号	GB-32567	检修人员				王 星			
工时	小		时			金			额				
附凭证	张 数		结算项目			十	万	千	百	十	元	角	分
材料表			材料表						1	5	6	0	0
工时票			工 费							4	4	0	0
合计金额（大写）：贰佰元整								￥	2	0	0	0	0
业务部门：林强			收款：王星				制单：李东升						

【29】

委托收款凭证（收账通知）

委托日期		2010 年 12 月 14 日				托收号码：829								
收款人	全　　称	龙城市东方机械制造有限责任公司		付款人	全　　称	龙城市新华公司								
	账号或地址	花园路 10 号	055026018891		账号或地址	和平路 15 号		230-5516						
	开户银行	龙城市工商银行			开户银行	龙城市建设银行迎宾支行								
						亿	千	百	十	万	千	百	十	元 角 分
人民币（大写）：贰万元整								￥	2	0	0	0	0	0 0 0
附寄单证张数	2	商品发运情况		已发		合同号码				GB-026				
票据张数						收款人开户银行盖章（章）								
备注		款项受托日期　年　月　日							年　月　日					

【30】

中国工商银行转账支票存根

支票号码　CK　2010639
02

附加信息：

出票日期：2010 年 12 月 15 日

收款人：兴隆公司
金　　额：81900.00
用　　途：还欠款

单位主管　　　会计

【31】

中国工商银行现金支票存根

支票号码 CK 2010640
　　　　　　　02

附加信息：＿＿＿＿＿＿＿＿＿＿

＿＿＿＿＿＿＿＿＿＿＿＿＿＿＿

出票日期：2010 年 12 月 15 日

收款人:	龙城市东方机械制造有限责任公司
金　额:	1500.00
用　途:	零星开支

单位主管　　　会计

【32】

收 款 收 据

2010 年 12 月 16 日　　　　　　第 17 号

今收到：龙城市东方机械制造有限责任公司＿＿＿＿＿＿

人民币合计（大写）：陆佰元整＿＿＿＿＿　　　￥：600.00＿＿＿

系付：律师咨询费＿＿＿＿＿

单位印章（章）　　　　收款人 刘宇　　　　会计主管 王大志　　　经手人 张为

【33】

中国工商银行龙城市支行特种转账贷方传票

2010 年 12 月 18 日

付款人	全 称	龙城市东方机械制造有限责任公司	收款人	全 称	龙城市建设银行
	账号或地址	055026018891 花园路 10 号		账号或地址	0165
	开户银行	龙城市工商银行		开户银行	

人民币（大写）：壹拾万元整

	千	百	十	万	千	百	十	元	角	分
		￥	1	0	0	0	0	0	0	0

说明：
　　还借款

科目 　　（贷）
对方科目（借）

复核员　　　　记账员

【34】

收 款 收 据

2010 年 12 月 19 日　　　　　第 18 号

今收到：龙城市东方机械制造有限责任公司

人民币合计（大写）：伍仟陆佰元整　　　　　￥：5 600.00

系付：2011.1—2011.6 月报刊杂志费

单位印章（章）　　　收款人 刘芳　　　会计主管 杨柳　　　经手人 张为

中国工商银行转账支票存根

支票号码 CK 2010640
02

附加信息：＿＿＿＿＿＿＿＿＿＿＿

出票日期：**2010** 年 **12** 月 **19** 日

收款人：龙城市邮电局
金　额：5600.00
用　途：**下年度报刊费**

单位主管　　　会计

【35】

中　国　工　商　银　行

贷 款 利 息 通 知 单 〔代支款通知〕

No: 027651

第三联

贷款账户户名：龙城市东方机械制造有限责任公司		账号：055026018891	
2010 年 9 月 19 日起		上列贷款利息已从你单位账户付出。	
利息计算时间：2010 年 12 月 19 日止			
计息积数共计：	利率：月		
利息金额（大写）：玖仟元整			
附记：	￥：9 000.00	开户银行盖章	
		2010 年 12 月 19 日	
会计：	事后监督： 复核： 制单：		

【36】

委托收款凭证（收账通知）

委托日期　　　　　2010 年 12 月 19 日　　　　　托收号码:830

收款人	全　称	龙城市东方机械制造有限责任公司		付款人	全　称	龙城市新华公司	
	账号或地址	花园路 10 号　　055026018891			账号或地址	和平路 15 号　　230-5516	
	开户银行	龙城市工商银行			开户银行	龙城市建设银行迎宾支行	

人民币（大写）：肆万壹仟柒佰陆拾玖元整		亿	千	百	十	万	千	百	十	元	角	分
						¥	4	1	7	6	9	0	0

附寄单证张数	2	商品发运情况	已发	合同号码	GB-029
票据张数					
备注	款项受托日期　年　月　日			收款人开户银行盖章（章）　　　　年　月　日	

【37】

龙城市商业零售企业统一发票

　　　　　2010 年 12 月 20 日　　　　　No：0973585

购货单位：龙城市东方机械制造有限责任公司

货号	名称	规格	等级	单位	数量	单价	金　　　　额									报销凭证
							百	十	万	千	百	十	元	角	分	
	B5 纸			包	2	90					1	8	0	0	0	
	笔			盒	5	8						4	0	0	0	
合计金额（大写）：贰佰贰拾元整							¥			2	2	0	0	0	0	

单位盖章：（章）　　　　收款人：王平　　　　制票人：赵英

【38】

收 款 收 据

2010 年 12 月 21 日 　　　　第 16 号

今收到：龙城市东方机械制造有限责任公司

人民币合计（大写）：伍拾元整 　　　　　　￥ 50.00

系付：运输甲材料工费

单位印章 （章）　　　收款人 杨毅　　　会计主管 李坚　　　经手人 李明达

1400049140 　　　　**增值税专用发票** 　　　№ 0006890

抵扣联 　　　　开票日期：2010 年 12 月 21 日

购货单位	名　　　称：龙城市东方机械制造有限责任公司 纳税人识别号：123459876885918 地址、电话：花园路 10 号 83088588 开户行及账号：龙城市工商银行 1273988626		密码区				

货物或应税劳务名称	规格型号	单位	数量	单价	金额	税率	税额
甲材料		千克	600	10.00	6000.00	17%	1020.00
合计					￥6000.00		￥1020.00

价税合计（大写）	⊗柒仟零贰拾元整	（小写）￥7020.00

销货单位	名　　　称：龙城市新兴公司 纳税人识别号：432518769324006 地址、电话：胜利路 8 号 83426978 开户行及账号：中国银行 1005660240	备注

收款人：赵明　　　复核：王海鸥　　　开票人：李芳　　　销货单位（章）

第二联 抵扣联

1400049140　　　**增值税专用发票**　　　No 0006890

发票联　　　　　　开票日期：2010 年 12 月 21 日

购货单位	名　　　称：龙城市东方机械制造有限责任公司 纳税人识别号：123459876885918 地址、电话：花园路 10 号 83088588 开户行及账号：龙城市工商银行 1273988626			密码区			

货物或应税劳务名称	规格型号	单位	数量	单价	金额	税率	税额
甲材料		千克	600	10.00	6000.00	17%	1020.00
合计					￥6000.00		￥1020.00

价税合计（大写）	⊗柒仟零贰拾元整	（小写）　￥7020.00

销货单位	名　　　称：龙城市新兴公司 纳税人识别号：432518769324006 地址、电话：胜利路 8 号 83426978 开户行及账号：中国银行 1005660240	备 注

收款人：赵明　　　复核：王海鸥　　　开票人：李芳　　　销货单位（章）

第三联 购货方记账联

中国工商银行转账支票存根

支票号码 CK 2010641
　　　　　　 02

附加信息：＿＿＿＿＿＿＿＿＿＿

出票日期：2010 年 12 月 19 日

收款人：龙城市兴新公司
金　额：7070.00
用　途：支付货款及运费

单位主管　　　会计

收料单

供货单位：龙城市新兴公司　　　　　　2010 年 12 月 21 日　　　　　　　编号：008120001

材料类别	材料编号	材料名称及规格	计量单位	数量 应收/千克	数量 实收/千克	单价	买价	采购费用	合计
主要材料		甲材料	千克	600	600	10	6 000		6 000
备注						合计	6 000		6 000

仓库保管员 江山　　　　　　　　　　　　　　　　　收料人 李达

【39】

1400049140	增值税专用发票		No 0087091					

抵扣联　　　　　　　　　　　开票日期：2010 年 12 月 21 日

| 购货单位 | 名　　称：龙城市东方机械制造有限责任公司
纳税人识别号：123459876885918
地址、电话：花园路 10 号 83088588
开户行及账号：龙城市工商银行 055026018891 | 密码区 | |

货物或应税劳务名称	规格型号	单位	数量	单价	金额	税率	税额
丙材料		千克	350	20	7000.00	17%	1190.00
合计					￥7000.00		￥1190.00

| 价税合计（大写） | ⊗捌仟壹佰玖拾零元整 | （小写）￥8190.00 |

| 销货单位 | 名　　称：龙城市兴远公司
纳税人识别号：513250000123478
地址、电话：闸南路 1 号 81026903
开户行及账号：龙城市工商银行汾西支行 035-4418 | 备注 |

收款人：　　　　复核：　　　　开票人：原兰　　　　销货单位（章）

第二联 抵扣联

1400049140 增值税专用发票 No 0087091

发票联 开票日期：2010 年 12 月 21 日

购货单位	名　　　称：龙城市东方机械制造有限责任公司 纳税人识别号：123459876885918 地　址、电话：花园路 10 号 83088588 开户行及账号：龙城市工商银行 055026018891	密码区		

货物或应税劳务名称	规格型号	单位	数量	单价	金额	税率	税额
丙材料		千克	350	20	7000.00	17%	1190.00
合计					￥7000.00		￥1190.00

价税合计（大写）	⊗捌仟壹佰玖拾零元整	（小写）￥8190.00

销货单位	名　　　称：龙城市兴远公司 纳税人识别号：513250000123478 地　址、电话：闸南路 1 号 81026903 开户行及账号：龙城市工商银行汾西支行 035-4418	备 注

收款人：　　　　复核：　　　　开票人：原兰　　　　销货单位（章）

第三联　购货方记账联

【40】

中国工商银行转账支票存根

支票号码 CK 2010642
02

附加信息：＿＿＿＿＿＿＿＿＿＿

＿＿＿＿＿＿＿＿＿＿＿＿＿＿

出票日期：2010 年 12 月 22 日

收款人：	龙城市兴新公司
金　额：	12870.00
用　途：	支购货款

单位主管　　　　会计

【41】

发出材料汇总表

2010 年 12 月 22 日　　　　　　　凭证编号：1753

用　途	甲　材　料		
	数量／千克	单价／(元／千克)	金额／元
生产 A 产品耗用	130	10	1 300
生产 B 产品耗用	100	10	1 000
车间一般耗用	30	10	300
合　　计	260		2 600

记账　　　　发料 李翔　　　　领料部门负责人 王小伟　　　　领料 刘春明

【42】

领　料　单

凭证编号：1855

领用部门：生产车间　　　　　2010 年 12 月 22 日　　　　　发料仓库：一号库

材料类别	材料编号	材料名称	规格	计量单位	数　量		单价	金额	用途
					请领	实领			
原材料		乙材料		千克	100	100	15	1 500	生产 A 产品
合计					100	100	15	1 500	

记账　　　　发料 李翔　　　　领料部门负责人 王小伟　　　　领料 刘春明

领 料 单

凭证编号: 1856

领用部门: 生产车间　　　　　2010 年 12 月 22 日　　　　　发料仓库: 一号库

材料类别	材料编号	材料名称	规格	计量单位	数量 请领	数量 实领	单价	金额	用途
原材料		丙材料		千克	200	200	20	4 000	生产B产品
合计					200	200	20	4 000	

记账　　　　　发料 李翔　　　　　领料部门负责人 王小伟　　　　　领料 刘春明

【43】

收 款 收 据

2010 年 12 月 23 日　　　　　第 19 号

今收到: 龙城市东方机械制造有限责任公司

人民币合计（大写）: 壹仟伍佰元整　　　　　￥: 1 500.00

系付: 第四季度卫生费

单位印章（章）　　　　　收款人 刘明　　　　　会计主管 赵松林　　　　　经手人 张为

中国工商银行转账支票存根

支票号码 $\frac{CK}{02}$ 2010643

附加信息：＿＿＿＿＿＿＿＿

＿＿＿＿＿＿＿＿＿＿＿＿

出票日期：2010 年 12 月 23 日

收款人：龙城市环卫局

金　额：1500.00

用　途：支四季度卫生费

单位主管　　会计

【44】

机动车维修业统一发票

2010 年 12 月 23 日　　　　　　　　No：098562

车属单位：龙城市东方机械制造有限责任公司

工作单号	A-10	类别		厂牌型号	Santana	入厂	年		月		日	
修理别		车牌号	3589	送修人		出厂	年		月		日	
总工时		小		时			金			额		
附凭证	张　数			结算项目		十	万	千	百	十	元	角	分
材料表				材料表				1	2	3	0	0	0
工时票				工　费				1	1	2	0	0	0
合计金额（大写）：贰仟叁佰伍拾元整							￥	2	3	5	0	0	0

业务部门：（章）　　　　　收款：李林　　　　　制单：向阳

中国工商银行转账支票存根

支票号码 $\frac{CK}{02}$ 2010644

附加信息：＿＿＿＿＿＿＿＿

＿＿＿＿＿＿＿＿＿＿＿＿

出票日期：2010 年 12 月 23 日

收款人：龙城市大众汽车修理厂

金　额：2350.00

用　途：支汽车修理费

单位主管　　会计

【45】

征收排污费收款收据

签发日期　　　　　2010 年 12 月 24 日　　　　　　No:829458

付款人	全称	龙城市东方机械制造有限责任公司		收款人	全称	龙城市海口区环境监理站
	账号或地址	花园路 10 号　　　055026018891			账号或地址	140007841526
	开户银行	龙城市工商银行			开户银行	中国银行

年		项 目	摘 要	金　　　额									
月	日			亿	千	百	十	万	千	百	十	元	角	分
		一次性罚金	擅自停用污水处理设施						3	0	0	0	0	0
		加倍收费												
		滞纳金												
		提高征收标准												
								¥	3	0	0	0	0	0

人民币（大写）：叁仟元整　　　　　　　　　　　¥：3 000.00

收款单位：（章）　　　　　收款人：丁兰　　　　　经办人：李森

中国工商银行转账支票存根

支票号码　CK　2010645
　　　　　　　02

附加信息：＿＿＿＿＿＿＿＿

出票日期：2010 年 12 月 24 日

收款人：龙城市海口区环境监理站
金　额：3000.00
用　途：支罚款

单位主管　　　会计

【46】

中国工商银行现金支票存根

支票号码 CK 2010643
02

附加信息：＿＿＿＿＿＿＿＿＿＿＿＿＿＿＿＿

＿＿＿＿＿＿＿＿＿＿＿＿＿＿＿＿＿＿

出票日期：2010 年 12 月 24 日

| 收款人：龙城市东方机械制造有限责任公司 |
| 金　　额：　1000.00 |
| 用　　途：零星开支 |

单位主管　　　　会计

【47】

龙城市商业零售企业统一发票

2010 年 12 月 26 日　　　　　　　No：0973598

购货单位：龙城市东方机械制造有限责任公司

货号	名称	规格	等级	单位	数量	单价	金　额								
							百	十	万	千	百	十	元	角	分
	工作服	180-110	一	套	8	90.50				7	2	4	0	0	
	手套		一	付	8	5					4	0	0	0	
	口罩		一	个	8	4.5					3	6	0	0	
合计金额（大写）：捌佰元整										￥	8	0	0	0	0

单位盖章：（章）　　　　　　收款人：王平　　　　　　制票人：赵英

【48】

中国工商银行转账支票存根

支票号码 CK 2010646
02

附加信息：_____

出票日期：2010 年 12 月 26 日

收款人：	龙城市兴远公司
金 额：	8190.00
用 途：	支购货款

单位主管　　　会计

【49】

1400049140	增值税专用发票		No 0086679					
	记账联			开票日期：2010 年 12 月 27 日				

购货单位	名　　　称：龙城市光华公司 纳税人识别号：355122631456715 地 址、电话：大同路3号 82088635 开户行及账号：工商银行大同路支行 035-3315	密码区				
货物或应税劳务名称	规格型号	单位	数量	单价	金额	税率	税额
A产品		件	40	490	19600.00	17%	3332.00
合计					￥19600.00		￥3332.00
价税合计（大写）	⊗贰万贰仟玖佰叁拾贰元整				（小写）￥22932.00		
销货单位	名　　　称：龙城市东方机械制造有限责任公司 纳税人识别号：123459876885918 地 址、电话：花园路10号 83088588 开户行及账号：龙城市工商银行 055026018891	备注				

收款人：　　　复核：　　　开票人：李芳　　　销货单位（章）

第一联 销货方记账联

产品出库单

凭证编号：0545

用途：销售　　　　　　　　2010 年 12 月 27 日　　　　　产成品库：一号库

类别	编号	名称	规格	计量单位	数　量	单位成本	总成本
		A 产品		件	40		
合计					40		

记账　　　　　保管 江山　　　　　检验 王云

第二联　财务记账联

【50】

1400049140　　　　　增值税专用发票　　　No　0086761

记账联　　　　　开票日期：2010 年 12 月 27 日

					密码区			
购货单位	名　称：龙城市新兴公司							
	纳税人识别号：335216781346523							
	地址、电话：和平路 15 号 82088635							
	开户行及账号：龙城市建设银行迎宾支行 23055							

货物或应税劳务名称	规格型号	单位	数量	单价	金额	税率	税额
B 产品		件	40	510	20400.00	17%	3468.00
合计					￥20400.00		￥3468.00

价税合计（大写）	⊗ 贰万叁仟捌佰陆拾捌元整	（小写）￥23868.00

销货单位	名　称：龙城市东方机械制造有限责任公司	备注
	纳税人识别号：123459876885918	
	地址、电话：花园路 10 号 83088588	
	开户行及账号：龙城市工商银行 055026018891	

收款人：　　　复核：　　　开票人 李芳　　　销货单位（章）

第一联　销货方记账联

产品出库单

凭证编号：0546

用途：销售

2010 年 12 月 27 日

产成品库：一号库

类别	编号	名称	规格	计量单位	数 量	单位成本	总成本
		B 产品		件	40		
合计					40		

记账　　　　　保管 江山　　　　　检验 王云

第二联　财务记账联

【51】

收 款 收 据

2010 年 12 月 27 日　　　　　第　　号

今收到：龙城市东方机械制造有限责任公司

人民币合计（大写）：叁仟元整　　　　　￥：3000.00

系付：商品洽谈会展台租赁费

单位印章（章）　　　收款人 夏日　　　会计主管 李峰　　　经手人 钱进

中国工商银行转账支票存根

支票号码 CK 2010647
02

附加信息：_____

出票日期：2010 年 12 月 27 日

| 收款人：龙城市展览馆 |
| 金　额：3000.00 |
| 用　途：办展租赁费 |

单位主管　　　　会计

【52】

| 1400049140 | 增值税专用发票 | | | | | No 0086997 | | |

抵扣联　　　　　　　　开票日期：2010 年 12 月 27 日

购货单位	名　　称：龙城市东方机械制造有限责任公司					密码区		
	纳税人识别号：123459876885918							
	地　址、电　话：花园路10号 83088588							
	开户行及账号：龙城市工商银行 055026018891							
货物或应税劳务名称	规格型号	单位	数量	单价	金额	税率	税额
设备		台	1	100000	100000.00	17%	17000.00
合计					￥100000.00		￥17000.00
价税合计(大写)	⊗壹拾壹万柒仟元整					(小写) ￥117000.00	
销货单位	名　　称：龙城市重型机器设备厂					备注		
	纳税人识别号：321568432256216							
	地　址、电　话：青年路2号 83226918							
	开户行及账号：龙城市建设银行盘铺支行 51832618							

收款人：张运来　　复核：　　　　开票人：李鹏　　　销货单位（章）

第二联 抵扣联

1400049140 　　增值税专用发票　　 No 0086997

发票联　　　　　　　　　　开票日期：2010 年 12 月 27 日

购货单位	名　　称：龙城市东方机械制造有限责任公司
	纳税人识别号：123459876885918
	地址、电话：花园路 10 号 83088588
	开户行及账号：龙城市工商银行 055026018891

密码区

货物或应税劳务名称	规格型号	单位	数量	单价	金额	税率	税额
设备		台	1	100000	100000.00	17%	17000.00
合计					￥100000.00		￥17000.00

价税合计（大写）	⊗壹拾壹万柒仟元整	（小写）￥117000.00

销货单位	名　　称：龙城市重型机器设备厂
	纳税人识别号：321568432256216
	地址、电话：青年路 2 号 83226918
	开户行及账号：龙城市建设银行盘锦支行 51832618

备注

收款人：张运来　　复核：　　开票人：李鹏　　销货单位（章）

第三联 购货方记账联

中国工商银行转账支票存根

支票号码 CK 2010648
　　　　　　 02

附加信息：_____

出票日期：2010 年 12 月 27 日

收款人：龙城市重型机器设备厂
金　额：117000.00
用　途：购设备

单位主管　　　　　会计

【53】

中国工商银行转账支票存根

支票号码 $\dfrac{CK}{02}$ 2010649

附加信息：_____

_____

出票日期：**2010** 年 **12** 月 **28** 日

收款人：龙城市建筑安装公司
金　额：4500.00
用　途：**支安装费**

单位主管　　　　　会计

龙城市建安企业销售统一发票

| 购买单位：龙城市东方机械制造有限责任公司 | | | | 2010 年 12 月 28 日 | | | | No：068240 | | | | |

品　名	规　格	单　位	数　量	单　价	金　额							
					十	万	千	百	十	元	角	分
安装设备							4	5	0	0	0	0
金额（大写）：×万肆仟伍佰零拾零元零角零分						￥	4	5	0	0	0	0

【54】

固定资产验收交接单

2010 年 12 月 28 日　　　　　　　　　No：0008795

资产编号	资产名称	型号规格或结构面积	计量单位	数量	设备价值或工程造价	设备基础或安装费用	附加费用	合计
	H型设备	HJ	台	1	117000	4500		121500

资产来源	购入	耐用年限	5 年	主要附属设备	1、（略）
制造厂名	重型机器设备厂	估计残值	4860		2、（略）
制造日期及编号	2010年	基本折旧率	20%		3、（略）
工程项目或使用部门	生产车间	复杂系数	机械 3		4、（略）

交验部门　　　　　　　　　　　　　　接管部门
主　管　刘元　　　点交人　王明　　　主　管　李兆坤　　　接管人　张萍

【55】

定额发票发票联	兑奖联
发票代码：12345633226	发票代码：12345633226
发票代码：745633251	发票代码：745633251
密码：3367　　　　　壹佰元	奖区：
客户名称　　　　　　￥100	发票面额：￥100
收款单位（盖章有效）　开票日期　年　月　日	共8张

定额发票
发票联

发票代码：12345633341

发票代码：745633487

密码：3367　　　　　　伍拾元

客户名称　　　　　　　￥50

收款单位（盖章有效）　开票日期　年　月　日

兑奖联

发票代码：12345633341

发票代码：745633487

奖区：

发票面额：￥50

共 1 张

定额发票
发票联

发票代码：12345633284

发票代码：745633885

密码：3367　　　　　　拾元

客户名称　　　　　　　￥10

收款单位（盖章有效）　开票日期　年　月　日

兑奖联

发票代码：12345633284

发票代码：745633885

奖区：

发票面额：￥10

共 1 张

中国工商银行转账支票存根

支票号码 $\frac{CK}{02}$ 2010650

附加信息：＿＿＿＿＿＿＿＿

出票日期：2010 年 12 月 29 日

收款人：	龙城市金江酒店
金　额：	860.00
用　途：	业务招待费

单位主管　　　　　　会计

【56】

固定资产折旧计算表

2010 年 12 月 30 日　　　　　　　　　　单位：元

使用单位部门	上月固定资产折旧额	上月增加固定资产应计提折旧额	上月减少固定资产应计提折旧额	本月应计提的折旧额
生产车间				7250
行政管理部门				2370
合　计				9620

会计主管：　　　　　　　审核：　　　　　　　制表：

【57】

材料费用汇总表

2010 年 12 月 31 日　　　　　　　　单位：元

会计科目		原材料		
		甲材料	乙材料	丙材料
生产成本	A 产品			
	B 产品			
	小　计			
制造费用				
合　计				

会计主管：　　　　　　　审核：　　　　　　　制表：

【58】

薪酬费用分配表

2010 年 12 月 31 日　　　　　　　　　　　　单位：元

		基本薪酬	其他薪酬			合计
			职工福利费（14%）	工 会 经 费（2%）	职工教育经费（1.5%）	
生产成本	A产品					
	B产品					
	小计					
制造费用						
管理费用						
销售费用						
合　计						

会计主管：　　　　　　审核：　　　　　　制表：

【59】

制造费用分配表

2010 年 12 月 31 日　　　　　　　　　　　　单位：元

分配对象	分配标准（工资）	分配率	分配金额
合计			

会计主管：　　　　　　审核：　　　　　　制表：

【60】

完工产品成本计算表

2010 年 12 月 31 日   单位：元

成 本 项 目	A 产品		B 产品	
	总成本	单位成本	总成本	单位成本
直接材料				
直接人工				
制造费用				
合　计				

财务主管：　　　　　　　审核：　　　　　　　制表：

【61】

已销产品成本计算表

2010 年 12 月 31 日   单位：元

产 品 名 称	计量单位	月 初 结 存		本 月 入 库		本 月 销 售	
		数　量	总 成 本	数　量	总 成 本	数　量	总 成 本
合　计							

会计主管：　　　　　　　审核：　　　　　　　制表：

【62】

盘点盈亏报告表

2010 年 12 月 31 日 单位：元

材料名称	规格	计量单位	单价	实际结存		账面结存		盘 盈		盘 亏		原因
				数量	金额	数量	金额	数量	金额	数量	金额	
B产品		件		5	1250	10	2500			5	1250	

会计主管：　　　　复核：　　　　　　盘点人员：张明　　　　保管人员：江山

【63】

盘亏损失处理意见

　　12 月 30 日所报 B 产品短缺 5 件，经查属于自然损耗，经董事会研究决定，准予核销。计入管理费用。

2010 年 12 月 31 日

【64】

中华人民共和国

税 收 缴 款 书

隶属关系：

经济类型：有限责任公司　　　　填发日期：2010 年 12 月 31 日　　　收入机关：龙城市国税局市北分局

缴 款 单 位	代码	123459876885918	预 算 科 目	款	增值税
	全称	龙城市东方机械制造有限责任公司		项	一般增值税
	开户银行	龙城市工商银行		级次	中央级
	账号	055026018891		收缴国库	龙城工商行市北区办

款项所属时期 2010 年 12 月 1 日—31 日　　　　　　款项限缴日期 2011 年 1 月 7 日

品 名 名 称	课税 数量	计税金额或 销售收入	税率或 单位税额	已缴或 扣除项	实缴税额									
					千	百	十	万	千	百	十	元	角	分
工业			17%											
金额合计	人民币（大写）		拾 万 仟 佰 拾 元 角 分											

缴款单位（人） 盖章	税务机关 （盖章）	上列款项已收妥并划转收款单位账户	备 注
经办人章	填票人章	国库（银行）盖章　年　月　日	

【65】

中华人民共和国
税 收 缴 款 书

隶属关系：

经济类型：有限责任公司　　　填发日期：2010 年 12 月 31 日　　　收入机关：龙城市国税局市北分局

缴款单位	代码	123459876885918	预算科目	款	城市维护建设税
	全称	龙城市东方机械制造有限责任公司		项	
	开户银行	龙城市工商银行		级次	市级
	账号	055026018891		收缴国库	龙城工商行市北区办

款项所属时期 2010 年 12 月 1 日—31 日　　　　　　款项限缴日期 2011 年 1 月 7 日

品名名称	课税数量	计税金额或销售收入	税率或单位税额	已缴或扣除项	实缴税额									
					千	百	十	万	千	百	十	元	角	分
工业			7%										
金额合计	人民币（大写）× 拾 万 仟 佰 拾 元 角 分												
缴款单位（人）盖章	税务机关（盖章）	上列款项已收妥并划转收款单位账户		备注									
经办人章	填票人章	国库（银行）盖章 年 月 日											

第一联：（收据联） 国库收款盖章后退缴款 单位（个人）作完税凭证

【66】

收入类账户结转计算表

2010 年 12 月 31 日

账户名称	收入类（贷方）	本年利润（贷方）
主营业务收入		

会计主管：　　　　　审核：　　　　　制表：

【67】

费用类账户结转计算表

2010 年 12 月 31 日

账户名称	收入类（借方）	本年利润（借方）
主营业务成本		
营业税金及附加		
销售费用		
管理费用		
营业外支出		

会计主管：　　　　　　　审核：　　　　　　　制表：

【68】

所得税费用计算表

2010 年 12 月 31 日

利润总额	税率（25%）	所得税费用

会计主管：　　　　　　　审核：　　　　　　　制表：

【69】

盈余公积计算表

2010 年 12 月 31 日

利润总额	计提比率（10%）	盈余公积

会计主管：　　　　　　　审核：　　　　　　　制表：

【70】

利润分配计算表

2010 年 12 月 31 日

利润总额	分配比率（20%）	应付股利

会计主管：　　　　　　审核：　　　　　　制表：

【71】

利润分配计算表

2010 年 12 月 31 日

项　　目	借　　方	贷　　方
净利润		
利润分配		

会计主管：　　　　　　审核：　　　　　　制表：

【72】

利润分配各明细账户余额结转表

2010 年 12 月 31 日

总账科目	明细科目	年末余额
利润分配	提取盈余公积	
	应付股利	

会计主管：　　　　　　审核：　　　　　　制表：

第六章

实习操作结果

在实习过程中或结束后，可参考给出的答案部分验证其实习结果，找出差距和问题存在的原因，以改进自己在学习过程中存在的不足之处。

第一节　实习参考答案

一、会计凭证表

会 计 凭 证 表

业务	日 期		凭 证		摘　要	会 计 科 目		借方金额	贷方金额
	月	日	字	号		总 账 科 目	明 细 科 目		
1	12	2		01	预借差旅费	其他应收款	孙林	4 000	
						库存现金			4 000
2		2		02	提取现金	库存现金		1 000	
						银行存款			1 000
3		3		03	收到欠款	银行存款		28 000	
						应收账款	新华公司		28 000
6		4		04	购进材料	原材料	甲材料	6 200	
							乙材料	5 700	
						应交税费	进项税	2 023	
						应付账款	兴新公司		13 923
7		4		05	缴纳税金	应交税费		32 931	
						银行存款			32 931

续表

业务	日 期		凭 证		摘 要	会 计 科 目		借方金额	贷方金额
	月	日	字	号		总账科目	明细科目		
8	4			06	归还借款	短期借款		100 000	
						银行存款			100 000
9	5			07	购进材料	原材料	丙材料	10 000	
						应交税费	进项税	1 700	
						应付账款	兴远公司		11 700
10	5			08	支付广告费	销售费用	广告费	2 000	
						银行存款			2 000
11	5			09	发放工资	应付职工薪酬		72 000	
						银行存款			72 000
12	5			10	购进设备	固定资产		58 000	
						应交税费	进项税	9 860	
						银行存款			67 860
13	6			11	销售产品	银行存款		47 736	
						主营业务收入	B产品		40 800
						应交税费	销项税		6 936
14	6			12	购进材料	原材料	乙材料	7 500	
						应交税费	进项税	1 275	
						银行存款			8 775
15	7			13	支付厂区绿化费	管理费用	绿化费	1 200	
						银行存款			1 200
16	7			14	收到付款通知	管理费用	电话费	420	
						银行存款			420
17	8			15	销售产品	应收账款	兴华公司	17 199	
						主营业务收入	A产品		14 700
						应交税费	销项税		2 499
18	9			16 $\frac{1}{2}$	报销差旅费	管理费用		3 800	
						其他应收款			3 800

业务	日 期		凭 证		摘 要	会 计 科 目		借方金额	贷方金额
	月	日	字	号		总账科目	明细科目		
18	9		16 $\frac{2}{2}$		报销差旅费	库存现金		200	
						其他应收款			200
21	10		17		收回前欠货款	银行存款		50 000	
						应收账款			50 000
22	10		18		购买办公用品	管理费用	办公费	1 380	
						库存现金			1 380
23	11		19		购进材料	在途物资	甲材料	5 000	
							乙材料	6 000	
						应交税费	进项税	1 870	
						应付账款	兴新公司		12 870
24	12		20		销售产品	银行存款		17 199	
						主营业务收入	A 产品		14 700
						应交税费	销项税		2 499
25	12		21		销售产品	应收账款	新华公司	41 769	
						主营业务收入	B 产品		35 700
						应交税费	销项税		6 069
26	13		22		收回货款	银行存款		17 199	
						应收账款	兴华公司		17 199
27	13		23		材料验收入库	原材料	甲材料	5 000	
							乙材料	6 000	
						在途物资	甲材料		5 000
							乙材料		6 000
28	14		24		支付车间维修费	制造费用	维修费	200	
						库存现金			200
29	14		25		收回前欠货款	银行存款		20 000	
						应收账款	新华公司		20 000

业务	日期		凭证		摘要	会计科目		借方金额	贷方金额
	月	日	字	号		总账科目	明细科目		
30	15			26	偿还前欠货款	应付账款	兴隆公司	81 900	
						银行存款			81 900
31	15			27	提取现金	库存现金		1 500	
						银行存款			1 500
32	16			28	支付咨询费	管理费用	咨询费	600	
						库存现金			600
33	18			29	归还借款	短期借款		100 000	
						银行存款			100 000
34	19			30	支付报刊杂志费	管理费用	报刊费	5 600	
						银行存款			5 600
35	19			31	支付利息费用	财务费用		9 000	
						银行存款			9 000
36	20			32	收到销货款	银行存款		41 769	
						应收账款	新华公司		41 769
37	20			33	支付车间办公用品	制造费用	办公费	220	
						库存现金			220
38	21			34	购进材料	原材料	甲材料	6 050	
						应交税费	进项税	1 020	
						银行存款			7 070
39	21			35	购进材料	在途物资	丙材料	7 000	
						应交税费	进项税	1 190	
						应付账款	兴远公司		8 190
40	22			36	支付材料款	应付账款	兴新公司	12 870	
						银行存款			12 870
43	23			37	支付卫生费	管理费用	卫生费	1 500	
						银行存款			1 500

续表

业务	日期 月	日	凭证 字	号	摘　要	会计科目 总账科目	明细科目	借方金额	贷方金额
44		23		38	支付修理费	管理费用	修理费	2 350	
						银行存款			2 350
45		24		39	罚款支出	营业外支出		3 000	
						银行存款			3 000
46		24		40	提取现金	库存现金		1 000	
						银行存款			1 000
47		26		41	购入车间使用劳保用品	制造费用	劳保费	800	
						银行存款			800
48		26		42	支付货款	应付账款	兴远公司	8 190	
						银行存款			8 190
49		27		43	销售产品	应收账款	光华公司	22 932	
						主营业务收入	A产品		19 600
						应交税费	销项税		3 332
50		27		44	销售产品	应收账款	新星公司	23 868	
						主营业务收入	B产品		20 400
						应交税费	销项税		3 468
51		27		45	企业租赁展台	销售费用	展览费	3 000	
						银行存款			3 000
52		27		46	购入生产设备	在建工程	生产设备	117 000	
						银行存款			117 000
53		28		47	支付调试费	在建工程	生产设备	4 500	
						银行存款			4 500
54		28		48	设备安装完毕交付使用	固定资产	生产设备	121 500	
						在建工程	生产设备		121 500
55		29		49	发生业务招待费	管理费用	招待费	860	
						银行存款			860

业务	日 期 月	日	凭 证 字	号	摘　　要	会 计 科 目 总账科目	明 细 科 目	借方金额	贷方金额
56	30			50	计提折旧	制造费用		7 250	
						管理费用		2 370	
						累计折旧			9 620
57	30			51	结转发出材料成本	生产成本	A产品	24 300	
							B产品	20 300	
						制造费用		1 800	
						原材料	甲材料		17 600
							乙材料		15 000
							丙材料		13 800
58	30			52	结转本月职工薪酬	生产成本	A产品	21 150	
							B产品	19 505	
						管理费用		9 635	
						制造费用		6 345	
						销售费用		7 050	
						应付职工薪酬			63 685
59	30			53	结转本月制造费用	生产成本	A产品	8 640	
							B产品	7 975	
						制造费用			16 615
60	30			54	生产完工验收入库	库存商品	A产品	54 090	
							B产品	47 780	
						生产成本	A产品		54 090
							B产品		47 780
61	30			55	结转本月已销实际成本	主营业务成本	A产品	28 500	
							B产品	47 500	
						库存商品	A产品		28 500
							B产品		47 500

续表

业务	日期		凭证		摘　要	会计科目		借方金额	贷方金额
	月	日	字	号		总账科目	明细科目		
62		30		56	产品盘亏	待处理财产损益	B 产品	1 250	
						库存商品			1 250
63		31		57	盘亏处理	管理费用		1 250	
						待处理财产损益	B 产品		1 250
64		31		58	计算应交增值税	应交税费	增值税	5 865	
						银行存款			5 865
65		31		59	计算应交城建税及教育费附加	营业税金及附加	城建税	410. 55	
							教育费附加	175. 95	
						应交税金			586.5
66		31		60	结转收入类账户	主营业务收入		145 900	
						本年利润			145 900
67		31		61	结转费用类账户	本年利润		131 601.5	
						主营业务成本			76 000
						管理费用			30 965
						销售费用			12 050
						财务费用			9 000
						营业外支出			3 000
						营业税金及附加			586.5
68		31		62	结转本年度应交所得税	所得税费用		3 574.63	
						应交税金	所得税		3 574.63
						本年利润		3 574.63	
						所得税费用			3 574.63
69		31		63	提取法定盈余公积金	利润分配	提取盈余公积	1 072.39	
						盈余公积			1 072.39
70		31		64	向投资者分配利润	利润分配	分配股利	2 144.83	
						应付股利			2 144.83

续表

业务	日 期		凭 证		摘　要	会 计 科 目		借方金额	贷方金额
	月	日	字	号		总账科目	明细科目		
71		31		65	结转净利润	本年利润		10 723.87	
						利润分配	未分配利润		10 723.87
72		31		66	结转利润分配账户的明细账	利润分配	未分配利润	3 217.22	
						利润分配	提取盈余公积		1 072.39
							分配股利		2 144.83

假定发出材料及产成品均按实际成本计价。

二、会计报表

资产负债表

2010 年 12 月

会工 01

编制单位：龙城市东方机械制造有限责任公司

单位：元

资　产	期末余额	期初余额	负债及所有者权益	期末余额	期初余额
流动资产：		（略）	流动负债：		（略）
货币资金	58 043	287 239	短期借款	0	80 000
应收账款	46 800	83 000	应付账款	60 723	98 630
			预收账款	0	
其他应收款			应付职工薪酬	71 685	
存货	147 170	166 495	应付利息	0	
			应付股利	2 144.77	
流动资产合计	252 013	536 734	应交税费	4 161.13	
			流动负债合计	138 713.9	178 630
			长期借款		130 000
非流动资产：			非流动负债：		130 000
固定资产	1 048 880	895 000	负债合计		308 630
			所有者权益：		
无形资产	0		实收资本	1 060 000	1 060 000
			资本公积	30 000	63 104
			盈余公积	49 672.39	
			未分配利润	22 506.71	
			所有者权益合计	1 162 179.1	1 123 104
总　计	1 300 893	1 431 734	总　计	1 300 893	1 431 734

财务主管：（签章）　　　　　　　　　　　制表人：（签章）

利　润　表

2010 年 12 月

会工 02

编制单位：龙城市东方机械制造有限责任公司

单位：元

项　　目	本月数	本年累计数
一、营业收入	145 900	
减：营业成本	76 000	
营业务税金及附加	586.5	
销售费用	12 050	
管理费用	30 965	
财务费用	9 000	
加：公允价值变动损益（损失以"－"号填列）		
投资收益（损失以"－"号填列）		
二、营业利润（亏损以"－"号填列）	17 298.5	
加：营业外收入		
减：营业外支出	3 000	
四、利润总额（亏损总额以"－"号填列）	14 298.5	
减：所得税费用	3574.63	
五、净利润（净亏损以"－"号填列）	10 723.87	

财务主管：（签章）　　　　　　　　　制表人：（签章）

第二节　实习报告及考评

实习报告及考评是学生实习过程的总结和体会，每位指导教师在实习结束之后都必须要求学生写出实习报告并最后根据实习完成情况综合考评给出最终的实习成绩。

一、实习报告

实习报告是学生实习过程的体会，要求学生必须写出实习的流程和内容，以及实习体会，并能通过实习提出一些意见和建议。

基础会计模拟实习报告

班级＿＿＿＿＿ 姓名＿＿＿＿＿

二、实习评分

如前所述，应把实习分数在各环节予以量化。实习成绩应由九个部分组成：

（1）实习考勤（15分）；

（2）建立账簿，登记期初余额（10分）；

（3）填置和审核记账凭证（25分）；

（4）登记明细账簿并结出余额（20分）；

（5）编制科目汇总表（5分）；

（6）登记总分类账并结出余额（5分）；

（7）编制试算平衡表（5分）；

（8）编制会计报表（10分）；

（9）装订会计档案（5分）。

实习的成绩鉴定分为优（90－100分）、良（80－89分）、中（70－79分）、及格（60－69分）、不及格（60分以下）五个档次。

模拟实习评分表

组别	学号	姓　名	考勤 15分	建账 10分	凭证 25分	账簿 20分	汇总表 5分	余额 5分	平衡表 5分	报表 10分	装订 5分	总分

财政部《会计基础工作规范》

第一章 总　　则

第一条　为了加强会计基础工作，建立规范的会计工作秩序，提高会计工作水平，根据《中华人民共和国会计法》的有关规定，制定本规范。

第二条　国家机关、社会团体、企业、事业单位、个体工商户和其他组织的会计基础工作，应当符合本规范的规定。

第三条　各单位应当依据有关法规、法规和本规范的规定，加强会计基础工作，严格执行会计法规制度，保证会计工作依法有序地进行。

第四条　单位领导人对本单位的会计基础工作负有领导责任。

第五条　各省、自治区、直辖市财政厅（局）要加强对会计基础工作的管理和指导，通过政策引导、经验交流、监督检查等措施，促进基层单位加强会计基础工作，不断提高会计工作水平。

国务院各业务主管部门根据职责权限管理本部门的会计基础工作。

第二章　会计机构和会计人员

第一节　会计机构设置和会计人员配备

第六条　各单位应当根据会计业务的需要设置会计机构；不具备单独设置会计机构条件的，应当在有关机构中配备专职会计人员。

事业行政单位会计机构的设置和会计人员的配备，应当符合国家统一事业行政单位会计制度的规定。

设置会计机构，应当配备会计机构负责人；在有关机构中配备专职会计人员，应当在专职会计人员中指定会计主管人员。

会计机构负责人、会计主管人员的任免，应当符合《中华人民共和国会计法》和有关法律的规定。

第七条 会计机构负责人、会计主管人员应当具备下列基本条件：

（一）坚持原则，廉洁奉公；

（二）具有会计专业技术资格；

（三）主管一个单位或者单位内一个重要方面的财务会计工作时间不少于2年；

（四）熟悉国家财经法律、法规、规章和方针、政策，掌握本行业业务管理的有关知识；

（五）有较强的组织能力；

（六）身体状况能够适应本职工作的要求。

第八条 没有设置会计机构和配备会计人员的单位，应当根据《代理记账管理暂行办法》委托会计师事务所或者持有代理记账许可证书的其他代理记账机构进行代理记账。

第九条 大中型企业、事业单位、业务主管部门应当根据法律和国家有关规定设置总会计师。总会计师由具有会计师以上专业技术资格的人员担任。

总会计师行使《总会计师条例》规定的职责、权限。

总会计师的任命（聘任）、免职（解聘）依照《总会计师条例》和有关法律的规定办理。

第十条 各单位应当根据会计业务需要配备持有会计证的会计人员。未取得会计证的人员，不得从事会计工作。

第十一条 各单位应当根据会计业务需要设置会计工作岗位。

会计工作岗位一般可分为：会计机构负责人或者会计主管人员，出纳，财产物资核算，工资核算，成本费用核算，财务成果核算，资金核算，往来结算，总账报表，稽核，档案管理等。开展会计电算化和管理会计的单位，可以根据需要设置相应工作岗位，也可以与其他工作岗位相结合。

第十二条 会计工作岗位，可以一人一岗、一人多岗或者一岗多人。但出纳人员不得兼管稽核、会计档案保管和收入、费用、债权债务账目的登记工作。

第十三条 会计人员的工作岗位应当有计划地进行轮换。

第十四条 会计人员应当具备必要的专业知识和专业技能，熟悉国家有关法律、法规、规章和国家统一会计制度，遵守职业道德。

会计人员应当按照国家有关规定参加会计业务的培训。各单位应当合理安排会计人员的培训，保证会计人员每年有一定时间用于学习和参加培训。

第十五条 各单位领导人应当支持会计机构、会计人员依法行使职权；对忠于职守，坚持原则，做出显著成绩的会计机构、会计人员，应当给予精神的和物质的奖励。

第十六条　国家机关、国有企业、事业单位任用会计人员应当实行回避制度。

单位领导人的直系亲属不得担任本单位的会计机构负责人、会计主管人员。会计机构负责人、会计主管人员的直系亲属不得在本单位会计机构中担任出纳工作。

需要回避的直系亲属为：夫妻关系、直系血亲关系、三代以内旁系血亲以及配偶亲关系。

第二节　会计人员职业道德

第十七条　会计人员在会计工作中应当遵守职业道德，树立良好的职业品质、严谨的工作作风，严守工作纪律，努力提高工作效率和工作质量。

第十八条　会计人员应当热爱本职工作，努力钻研业务，使自己的知识和技能适应所从事工作的要求。

第十九条　会计人员应当熟悉财经法律、法规、规章和国家统一会计制度，并结合会计工作进行广泛宣传。

第二十条　会计人员应当按照会计法律、法规和国家统一会计制度规定的程序和要求进行会计工作，保证所提供的会计信息合法、真实、准确、及时、完整。

第二十一条　会计人员办理会计事务应当实事求是、客观公正。

第二十二条　会计人员应当熟悉本单位的生产经营和业务管理情况，运用掌握的会计信息和会计方法，为改善单位内部管理、提高经济效益服务。

第二十三条　会计人员应当保守本单位的商业秘密。除法律规定和单位领导人同意外，不能私自向外界提供或者泄露单位的会计信息。

第二十四条　财政部门、业务主管部门和各单位应当定期检查会计人员遵守职业道德的情况，并作为会计人员晋升、晋级、聘任专业职务、表彰奖励的重要考核依据。

会计人员违反职业道德的，由所在单位进行处罚；情节严重的，由会计证发证机关吊销其会计证。

第三节　会计工作交接

第二十五条　会计人员工作调动或者因故离职，必须将本人所经管的会计工作全部移交给接替人员。没有办清交接手续的，不得调动或者离职。

第二十六条　接替人员应当认真接管移交工作，并继续办理移交的未了事项。

第二十七条　会计人员办理移交手续前，必须及时做好以下工作：

（一）已经受理的经济业务尚未填制会计凭证的，应当填制完毕。

（二）尚未登记的账目，应当登记完毕，并在最后一笔余额后加盖经办人员印章。

（三）整理应该移交的各项资料，对未了事项写出书面材料。

（四）编制移交清册，列明应当移交的会计凭证、会计账簿、会计报表、印章、现金、有价证券、支票簿、发票、文件、其他会计资料和物品等内容；实行会计电算化的单位，从事该项工作的移交人员还应当在移交清册中列明会计软件及密码、会计软件数据磁盘（磁带等）及有关资料、实物等内容。

第二十八条 会计人员办理交接手续，必须有监交人负责监交。一般会计人员交接，由单位会计机构负责人、会计主管人员负责监交；会计机构负责人、会计主管人员交接，由单位领导人负责监交，必要时可由上级主管部门派人会同监交。

第二十九条 移交人员在办理移交时，要按移交清册逐项移交；接替人员要逐项核对点收。

（一）现金、有价证券要根据会计账簿有关记录进行点交。库存现金、有价证券必须与会计账簿记录保持一致；不一致时，移交人员必须限期查清。

（二）会计凭证、会计账簿、会计报表和其他会计资料必须完整无缺。如有短缺，必须查清原因，并在移交清册中注明，由移交人员负责。

（三）银行存款账户余额要与银行对账单核对，如不一致，应当编制银行存款余额调节表调节相符，各种财产物资和债权债务的明细账户余额要与总账有关账户余额核对相符；必要时，要抽查个别账户的余额，与实物核对相符，或者与往来单位、个人核对清楚。

（四）移交人员经管的票据、印章和其他实物等，必须交接清楚；移交人员从事会计电算化工作的，要对有关电子数据在实际操作状态下进行交接。

第三十条 会计机构负责人、会计主管人员移交时，还必须将全部财务会计工作、重大财务收支和会计人员的情况等，向接替人员详细介绍。对需要移交的遗留问题，应当写出书面材料。

第三十一条 交接完毕后，交接双方和监交人员要在移交注册上签名或者盖章。并应在移交注册上注明：单位名称，交接日期，交接双方和监交人员的职务、姓名，移交清册页数以及需要说明的问题和意见等。

移交清册一般应当填制一式三份，交接双方各执一份，存档一份。

第三十二条 接替人员应当继续使用移交的会计账簿，不得自行另立新账，以保持会计记录的连续性。

第三十三条 会计人员临时离职或者因病不能工作且需要接替或者代理的，会计机构负责人、会计主管人员或者单位领导人必须指定有关人员接替或者代理，并办理交接手续。

临时离职或者因病不能工作的会计人员恢复工作的，应当与接替或者代理人员办理交接手续。

移交人员因病或者其他特殊原因不能亲自办理移交的，经单位领导人批准，可由移交人员委托他人代办移交，但委托人应当承担本规范第三十五条规定的责任。

第三十四条 单位撤销时，必须留有必要的会计人员，会同有关人员办理清理工作，编制决算。未移交前，不得离职。接收单位和移交日期由主管部门确定。

单位合并、分立的，其会计工作交接手续比照上述有关规定办理。

第三十五条 移交人员对所移交的会计凭证、会计账簿、会计报表和其他有关资料的合法性、真实性承担法律责任。

第三章 会计核算

第一节 会计核算一般要求

第三十六条 各单位应当按照《中华人民共和国会计法》和国家统一会计制度的规定建立会计账册，进行会计核算，及时提供合法、真实、准确、完整的会计信息。

第三十七条 各单位发生的下列事项，应当及时办理会计手续、进行会计核算：

（一）款项和有价证券的收付；

（二）财物的收发、增减和使用；

（三）债权债务的发生和结算；

（四）资本、基金的增减；

（五）收入、支出、费用、成本的计算；

（六）财务成果的计算和处理；

（七）其他需要办理会计手续、进行会计核算的事项。

第三十八条 各单位的会计核算应当以实际发生的经济业务为依据，按照规定的会计处理方法进行，保证会计指标的口径一致、相互可比和会计处理方法的前后各期相一致。

第三十九条 会计年度自公历1月1日起至12月31日止。

第四十条 会计核算以人民币为记账本位币。

收支业务以外国货币为主的单位，也可以选定某种外国货币作为记账本位币，但是编制的会计报表应当折算为人民币反映。

境外单位向国内有关部门编报的会计报表，应当折算为人民币反映。

第四十一条 各单位根据国家统一会计制度的要求，在不影响会计核算要求、会计报表指标汇总和对外统一会计报表的前提下，可以根据实际情况自行设置和使用会计科目。

事业行政单位会计科目的设置和使用，应当符合国家统一事业行政单位会计制度的规定。

第四十二条 会计凭证、会计账簿、会计报表和其他会计资料的内容和要求必须符合国家统一会计制度的规定，不得伪造、变造会计凭证和会计账簿，不得设置账外账，不得报送虚假会计报表。

第四十三条 各单位对外报送的会计报表格式由财政部统一规定。

第四十四条 实行会计电算化的单位，对使用的会计软件及其生成的会计凭证、会计账簿、会计报表和其他会计资料的要求，应当符合财政部关于会计电算化的有关规定。

第四十五条 各单位的会计凭证、会计账簿、会计报表和其他会计资料，应当建立档案，妥善保管。会计档案建档要求、保管期限、销毁办法等依据《会计档案管理办法》的规定进行。

实行会计电算化的单位，有关电子数据、会计软件资料等应当作为会计档案进行管理。

第四十六条 会计记录的文字应当使用中文，少数民族自治地区可以同时使用少数民族文字。中国境内的外商投资企业、外国企业和其他外国经济组织也可以同时使用某种外国文字。

第二节 填制会计凭证

第四十七条 各单位办理本规范第三十七条规定的事项，必须取得或者填制原始凭证，并及时送交会计机构。

第四十八条 原始凭证的基本要求是：

（一）原始凭证的内容必须具备：凭证的名称；填制凭证的日期；填制凭证单位名称或者填制人姓名；经办人员的签名或者盖章；接受凭证单位名称；经济业务内容；数量、单价和金额。

（二）从外单位取得的原始凭证，必须盖有填制单位的公章；从个人取得的原始凭证，必须有填制人员的签名或者盖章。自制原始凭证必须有经办单位领导人或者其指定的人员签名或者盖章。对外开出的原始凭证，必须加盖本单位公章。

（三）凡填有大写和小写金额的原始凭证，大写与小写金额必须相符。购买实物的原始凭证，必须有验收证明。支付款项的原始凭证，必须有收款单位和收款人的收款证明。

（四）一式几联的原始凭证，应当注明各联的用途，只能以一联作为报销凭证。

一式几联的发票和收据，必须用双面复写纸（发票和收据本身具备复写纸功能的除外）套写，并连续编号。作废时应当加盖"作废"戳记，连同存根一起保存，不得撕毁。

（五）发生销货退回的，除填制退货发票外，还必须有退货验收证明；退款时，必须取得对方的收款收据或者汇款银行的凭证，不得以退货发票代替收据。

（六）职工公出借款凭据，必须附在记账凭证之后。收回借款时，应当另开收据或者退还借据副本，不得退还原借款收据。

（七）经上级有关部门批准的经济业务，应当将批准文件作为原始凭证附件。如果批准文件需要单独归档的，应当在凭证上注明批准机关名称、日期和文件字号。

第四十九条 原始凭证不得涂改、挖补。发现原始凭证有错误的，应当由开出单位重开或者更正，更正处应当加盖开出单位的公章。

第五十条 会计机构、会计人员要根据审核无误的原始凭证填制记账凭证。

记账凭证可以分为收款凭证、付款凭证和转账凭证，也可以使用通用记账凭证。

第五十一条 记账凭证的基本要求是：

（一）记账凭证的内容必须具备：填制凭证的日期；凭证编号；经济业务摘要；会计科目；金额；所附原始凭证张数；填制凭证人员、稽核人员、记账人员、会计机构负责人、会计主管人员签名或者盖章。收款和付款记账凭证还应当由出纳人员签名或者盖章。

以自制的原始凭证或者原始凭证汇总表代替记账凭证的，也必须具备记账凭证应有的项目。

（二）填制记账凭证时，应当对记账凭证进行连续编号。一笔经济业务需要填制两张以上记账凭证的，可以采用分数编号法编号。

（三）记账凭证可以根据每一张原始凭证填制，或者根据若干张同类原始凭证汇总填制，也可以根据原始凭证汇总表填制。但不得将不同内容和类别的原始凭证汇总填制在一张记账凭证上。

（四）除结账和更正错误的记账凭证可以不附原始凭证外，其他记账凭证必须附有原始凭证。如果一张原始凭证涉及几张记账凭证，可以把原始凭证附在一张主要的记账凭证后面，并在其他记账凭证上注明附有该原始凭证的记账凭证的编号或者附原始凭证复印件。

一张复始凭证所列支出需要几个单位共同负担的，应当将其他单位负担的部分，开给对方原始凭证分割单，进行结算。原始凭证分割单必须具备原始凭证的基本内容：凭证名称、填制凭证日期、填制凭证单位名称或者填制人姓名、经办人的签名或者盖章、接受凭证单位名称、经济业务内容、数量、单价、金额和费用分摊情况等。

（五）如果在填制记账凭证时发生错误，应当重新填制。

已经登记入账的记账凭证，在当年内发现填写错误时，可以用红字填写一张与原内容相同的记账凭证，在摘要栏注明"注销某月某日某号凭证"字样，同时再用蓝字重新填制一张正确的记账凭证，注明"订正某月某日某号凭证"字样。如果会计科目没有错误，只是金额错误，也可以将正确数字与错误数字之间的差额，另编一张调整的记账凭证，调增金额用蓝字，调减金额用红字。发现以前年度记账凭证有错误的，应当用蓝字填制一张更正的记账凭证。

（六）记账凭证填制完经济业务事项后，如有空行，应当自金额栏最后一笔金额数字下的空行处至合计数上的空行处画线注销。

第五十二条　填制会计凭证，字迹必须清晰、工整，并符合下列要求：

（一）阿拉伯数字应当一个一个地写，不得连笔写。阿拉伯金额数字前面应当书写货币币种符号或者货币名称简写和币种符号。币种符号与阿拉伯金额数字之间不得留有空白。凡阿拉伯数字前写有币种符号的，数字后面不再写货币单位。

（二）所有以元为单位（其他货币种类为货币基本单位，下同）的阿拉伯数字，除表示单价等情况外，一律填写到角分；无角分的，角位和分位可写"00"，或者符号"——"；有角无分的，分位应当写"0"，不得用符号"——"代替。

（三）汉字大写数字金额如零、壹、贰、叁、肆、伍、陆、柒、捌、玖、拾、佰、仟、万、亿等，一律用正楷或者行书体书写，不得用〇、一、二、三、四、五、六、七、八、九、十等简化字代替，不得任意自造简化字。大写金额数字到元或者角为止的，在"元"或者"角"字之后应当写"整"字或者"正"字；大写金额数字有分的，分字后面不写

"整"或者"正"字。

（四）大写金额数字前未印有货币名称的，应当加填货币名称，货币名称与金额数字之间不得留有空白。

（五）阿拉伯金额数字中间有"0"时，汉字大写金额要写"零"字；阿拉伯数字金额中间连续有几个"0"时，汉字大写金额中可以只写一个"零"字；阿拉伯金额数字元位是"0"，或者数字中间连续有几个"0"、元位也是"0"但角位不是"0"时，汉字大写金额可以只写一个"零"字，也可以不写"零"字。

第五十三条　实行会计电算化的单位，对于机制记账凭证，要认真审核，做到会计科目使用正确，数字准确无误。打印出的机制记账凭证要加盖制单人员、审核人员、记账人员及会计机构负责人、会计主管人员印章或者签字。

第五十四条　各单位会计凭证的传递程序应当科学、合理，具体办法由各单位根据会计业务需要自行规定。

第五十五条　会计机构、会计人员要妥善保管会计凭证。

（一）会计凭证应当及时传递，不得积压。

（二）会计凭证登记完毕后，应当按照分类和编号顺序保管，不得散乱丢失。

（三）记账凭证应当连同所附的原始凭证或者原始凭证汇总表，按照编号顺序，折叠整齐，按期装订成册，并加具封面，注明单位名称、年度、月份和起讫日期、凭证种类、起讫号码，由装订人在装订线封签外签名或者盖章。

对于数量过多的原始凭证，可以单独装订保管，在封面上注明记账凭证日期、编号、种类，同时在记账凭证上注明"附件另订"和原始凭证名称及编号。

各种经济合同、存出保证金收据及涉外文件等重要原始凭证，应当另编目录，单独登记保管，并在有关的记账凭证和原始凭证上相互注明日期和编号。

（四）原始凭证不得外借，其他单位如因特殊原因需要使用原始凭证时，经本单位会计机构负责人、会计主管人员批准，可以复制。向外单位提供的原始凭证复制件，应当在专设的登记簿上登记，并由提供人员和收取人员共同签名或者盖章。

（五）从外单位取得的原始凭证如有遗失，应当取得原开出单位盖有公章的证明，并注明原来凭证的号码、金额和内容等，由经办单位会计机构负责人、会计主管人员和单位领导人批准后，才能代作原始凭证。如果确实无法取得证明的，如火车、轮船、飞机票等凭证，由当事人写出详细情况，由经办单位会计机构负责人、会计主管人员和单位领导人批准后，代作原始凭证。

第三节　登记会计账簿

第五十六条　各单位应当按照国家统一会计制度的规定和会计业务的需要设置会计账簿。会计账簿包括总账、明细账、日记账和其他辅助性账簿。

第五十七条　现金日记账和银行存款日记账必须采用订本式账簿。不得用银行对账单或者其他方法代替日记账。

第五十八条 实行会计电算化的单位，用计算机打印的会计账簿必须连续编号，经审核无误后装订成册，并由记账人员和会计机构负责人、会计主管人员签字或者盖章。

第五十九条 启用会计账簿时，应当在账簿封面上写明单位名称和账簿名称。在账簿扉页上应当附启用表，内容包括：启用日期、账簿页数、记账人员和会计机构负责人、会计主管人员姓名，并加盖名章和单位公章。记账人员或者会计机构负责人、会计主管人员调动工作时，应当注明交接日期、接办人员或者监交人员姓名，并由交接双方人员签名或者盖章。

启用订本式账簿，应当从第一页到最后一页顺序编定页数，不得跳页、缺号。使用活页式账页，应当按账户顺序编号，并须定期装订成册。装订后再按实际使用的账页顺序编定页码。另加目录，记明每个账户的名称和页次。

第六十条 会计人员应当根据审核无误的会计凭证登记会计账簿。登记账簿的基本要求如下。

（一）登记会计账簿时，应当将会计凭证日期、编号、业务内容摘要、金额和其他有关资料逐项记入账内，做到数字准确、摘要清楚、登记及时、字迹工整。

（二）登记完毕后，要在记账凭证上签名或者盖章，并注明已经登账的符号，表示已经记账。

（三）账簿中书写的文字和数字上面要留有适当空格，不要写满格；一般应占格距的二分之一。

（四）登记账簿要用蓝黑墨水或者碳素墨水书写，不得使用圆珠笔（银行的复写账簿除外）或者铅笔书写。

（五）下列情况，可以用红色墨水记账：

1. 按照红字冲账的记账凭证，冲销错误记录；

2. 在不设借贷等栏的多栏式账页中，登记减少数；

3. 在三栏式账户的余额栏前，如未印明余额方向的，在余额栏内登记负数余额；

4. 根据国家统一会计制度的规定可以用红字登记的其他会计记录。

（六）各种账簿按页次顺序连续登记，不得跳行、隔页。如果发生跳行、隔页，应当将空行、空页画线注销，或者注明"此行空白"、"此页空白"字样，并由记账人员签名或者盖章。

（七）凡需要结出余额的账户，结出余额后，应当在"借或贷"等栏内写明"借"或者"贷"等字样。没有余额的账户，应当在"借或贷"等栏内写"平"字，并在余额栏内用"0"表示。

现金日记账和银行存款日记账必须逐日结出余额。

（八）每一账页登记完毕结转下页时，应当结出本页合计数及余额，写在本页最后一行和下页第一行有关栏内，并在摘要栏内注明"过次页"和"承前页"字样；也可以将本页合计数及金额只写在下页第一行有关栏内，并在摘要栏内注明"承前页"字样。

对需要结计本月发生额的账户，结计"过次页"的本页合计数应当为自本月初起至本页末止的发生额合计数；对需要结计本年累计发生额的账户，结计"过次页"的本页合计数应当为自年初起至本页末止的累计数；对既不需要结计本月发生额也不需要结计本年累计发生额的账户，可以只将每页末的余额结转次页。

第六十一条　实行会计电算化的单位，总账和明细账应当定期打印。

发生收款和付款业务的，在输入收款凭证和付款凭证的当天必须打印出现金日记账和银行存款日记账，并与库存现金核对无误。

第六十二条　账簿记录发生错误，不准涂改、挖补、刮擦或者用药水消除字迹，不准重新抄写，必须按照下列方法进行更正。

（一）登记账簿时发生错误，应当将错误的文字或者数字画红线注销，但必须使原有字迹仍可辨认；然后在画线上方填写正确的文字或者数字，并由记账人员在更正处盖章。对于错误的数字，应当全部画红线更正，不得只更正其中的错误数字。对于文字错误，可只画去错误的部分。

（二）由于记账凭证错误而使账簿记录发生错误，应当按更正的记账凭证登记账簿。

第六十三条　各单位应当定期对会计账簿记录的有关数字与库存实物、货币资金、有价证券、往来单位或者个人等进行相互核对，保证账证相符、账账相符、账实相符。对账工作每年至少进行一次。

（一）账证核对。核对会计账簿记录与原始凭证、记账凭证的时间、凭证字号、内容、金额是否一致，记账方向是否相符。

（二）账账核对。核对不同会计账簿之间的账簿记录是否相符，包括：总账有关账户的余额核对，总账与明细账核对，总账与日记账核对，会计部门的财产物资明细账与财产物资保管和使用部门的有关明细账核对等。

（三）账实核对。核对会计账簿记录与财产等实有数额是否相符。包括：现金日记账账面余额与现金实际库存数相核对；银行存款日记账账面余额定期与银行对账单相核对；各种财物明细账账面余额与财物实存数额相核对；各种应收、应付款明细账账面余额与有关债务、债权单位或者个人核对等。

第六十四条　各单位应当按照规定定期结账。

（一）结账前，必须将本期内发生的各项经济业务全部登记入账。

（二）结账时，应当结出每个账户的期末余额。需要结出当月发生额的，应当在摘要栏内注明"本月合计"字样，并在下面通栏画单红线。需要结出本年累计发生额的，应当在摘要栏内注明"本年累计"字样，并在下面通栏画单红线；12月末的"本年累计"就是全年累计发生额。全年累计发生额下面应当通栏画双红线。年度终了结账时，所有总账账户都应当结出全年发生额和年末余额。

（三）年度终了，要把各账户的余额结转到下一会计年度，并在摘要栏注明"结转下年"字样；在下一会计年度新建有关会计账簿的第一行余额栏内填写上年结转的余额，并在摘要栏注明"上年结转"字样。

第四节　编制财务报告

第六十五条　各单位必须按照国家统一会计制度的规定，定期编制财务报告。

财务报告包括会计报表及其说明。会计报表包括会计报表主表、会计报表附表、会计报表附注。

第六十六条　各单位对外报送的财务报告应当根据国家统一会计制度规定的格式和要求编制。

单位内部使用的财务报告，其格式和要求由各单位自行规定。

第六十七条　会计报表应当根据登记完整、核对无误的会计账簿记录和其他有关资料编制，做到数字真实、计算准确、内容完整、说明清楚。

任何人不得篡改或者授意、指使、强令他人篡改会计报表的有关数字。

第六十八条　会计报表之间、会计报表各项目之间，凡有对应关系的数字，应当相互一致。本期会计报表与上期会计报表之间有关的数字应当相互衔接。如果不同会计年度会计报表中各项目的内容和核算方法有变更的，应当在年度会计报表中加以说明。

第六十九条　各单位应当按照国家统一会计制度的规定认真编写会计报表附注及其说明，做到项目齐全，内容完整。

第七十条　各单位应当按照国家规定的期限对外报送财务报告。

对外报送的财务报告，应当依次编写页码，加具封面，装订成册，加盖公章。封面上应当注明：单位名称，单位地址，财务报告所属年度、季度、月度，送出日期，并由单位领导人、总会计师、会计机构负责人、会计主管人员签名或者盖章。

单位领导人对财务报告的合法性、真实性负法律责任。

第七十一条　根据法律和国家有关规定应当对财务报告进行审计的，财务报告编制单位应当先行委托注册会计师进行审计，并将注册会计师出具的审计报告随同财务报告按照规定的期限报送有关部门。

第七十二条　如果发现对外报送的财务报告有错误，应当及时办理更正手续。除更正本单位留存的财务报告外，并应同时通知接受财务报告的单位更正。错误较多的，应当重新编报。

第四章　会　计　监　督

第七十三条　各单位的会计机构、会计人员对本单位的经济活动进行会计监督。

第七十四条　会计机构、会计人员进行会计监督的依据是：

（一）财经法律、法规、规章；

（二）会计法律、法规和国家统一会计制度；

（三）各省、自治区、直辖市财政厅（局）和国务院业务主管部门根据《中华人民共和国会计法》和国家统一会计制度制定的具体实施办法或者补充规定；

（四）各单位根据《中华人民共和国会计法》和国家统一会计制度制定的单位内部会计管理制度；

（五）各单位内部的预算、财务计划、经济计划、业务计划等。

第七十五条　会计机构、会计人员应当对原始凭证进行审核和监督。

对不真实、不合法的原始凭证，不予受理。对弄虚作假、严重违法的原始凭证，在不予受理的同时，应当予以扣留，并及时向单位领导人报告，请求查明原因，追究当事人的责任。

对记载不准确、不完整的原始凭证，予以退回，要求经办人员更正、补充。

第七十六条　会计机构、会计人员对伪造、变造、故意毁灭会计账簿或者账外设账行为，应当制止和纠正；制止和纠正无效的，应当向上级主管单位报告，请求作出处理。

第七十七条　会计机构、会计人员应当对实物、款项进行监督，督促建立并严格执行财产清查制度。发现账簿记录与实物、款项不符时，应当按照国家有关规定进行处理。超出会计机构、会计人员职权范围的，应当立即向本单位领导报告，请求查明原因，作出处理。

第七十八条　会计机构、会计人员对指使、强令编造、篡改财务报告行为，应当制止和纠正；制止和纠正无效的，应当向上级主管单位报告，请求处理。

第七十九条　会计机构、会计人员应当对财务收支进行监督。

（一）对审批手续不全的财务收支，应当退回，要求补充、更正。

（二）对违反规定不纳入单位统一会计核算的财务收支，应当制止和纠正。

（三）对违反国家统一的财政、财务、会计制度规定的财务收支，不予办理。

（四）对认为是违反国家统一的财政、财务、会计制度规定的财务收支，应当制止和纠正；制止和纠正无效的，应当向单位领导人提出书面意见请求处理。

单位领导人应当在接到书面意见起十日内作出书面决定，并对决定承担责任。

（五）对违反国家统一的财政、财务、会计制度规定的财务收支，不予制止和纠正，又不向单位领导人提出书面意见的，也应当承担责任。

（六）对严重违反国家利益和社会公众利益的财务收支，应当向主管单位或者财政、审计、税务机关报告。

第八十条　会计机构、会计人员对违反单位内部会计管理制度的经济活动，应当制止和纠正；制止和纠正无效的，向单位领导人报告，请求处理。

第八十一条　会计机构、会计人员应当对单位制定的预算、财务计划、经济计划、业务计划的执行情况进行监督。

第八十二条　各单位必须依照法律和国家有关规定接受财政、审计、税务等机关的监督，如实提供会计凭证、会计账簿、会计报表和其他会计资料以及有关情况、不得拒绝、隐匿、谎报。

第八十三条 按照法律规定应当委托注册会计师进行审计的单位，应当委托注册会计师进行审计，并配合注册会计师的工作，如实提供会计凭证、会计账簿、会计报表和其他会计资料以及有关情况，不得拒绝、隐匿、谎报，不得示意注册会计师出具不当的审计报告。

第五章 内部会计管理制度

第八十四条 各单位应当根据《中华人民共和国会计法》和国家统一会计制度的规定，结合单位类型和内容管理的需要，建立健全相应的内部会计管理制度。

第八十五条 各单位制定内部会计管理制度应当遵循下列原则。

（一）应当执行法律、法规和国家统一的财务会计制度。

（二）应当体现本单位的生产经营、业务管理的特点和要求。

（三）应当全面规范本单位的各项会计工作，建立健全会计基础，保证会计工作的有序进行。

（四）应当科学、合理，便于操作和执行。

（五）应当定期检查执行情况。

（六）应当根据管理需要和执行中的问题不断完善。

第八十六条 各单位应当建立内部会计管理体系。主要内容包括：单位领导人、总会计师对会计工作的领导职责；会计部门及其会计机构负责人、会计主管人员的职责、权限；会计部门与其他职能部门的关系；会计核算的组织形式等。

第八十七条 各单位应当建立会计人员岗位责任制度。主要内容包括：会计人员的工作岗位设置；各会计工作岗位的职责和标准；各会计工作岗位的人员和具体分工；会计工作岗位轮换办法；对各会计工作岗位的考核办法。

第八十八条 各单位应当建立账务处理程序制度。主要内容包括：会计科目及其明细科目的设置和使用；会计凭证的格式、审核要求和传递程序；会计核算方法；会计账簿的设置；编制会计报表的种类和要求；单位会计指标体系。

第八十九条 各单位应当建立内部牵制制度。主要内容包括：内部牵制制度的原则；组织分工；出纳岗位的职责和限制条件；有关岗位的职责和权限。

第九十条 各单位应当建立稽核制度。主要内容包括：稽核工作的组织形式和具体分工；稽核工作的职责、权限；审核会计凭证和复核会计账簿、会计报表的方法。

第九十一条 各单位应当建立原始记录管理制度。主要内容包括：原始记录的内容和填制方法；原始记录的格式；原始记录的审核；原始记录填制人的责任；原始记录签署、传递、汇集要求。

第九十二条 各单位应当建立定额管理制度。主要内容包括：定额管理的范围；制定和修订定额的依据、程序和方法；定额的执行；定额考核和奖惩办法等。

第九十三条 各单位应当建立计量验收制度。主要内容包括：计量检测手段和方法；计量验收管理的要求；计量验收人员的责任和奖惩办法。

第九十四条 各单位应当建立财产清查制度。主要内容包括：财产清查的范围；财产清查的组织；财产清查的期限和方法；对财产清查中发现问题的处理办法；对财产管理人员的奖惩办法。

第九十五条 各单位应当建立财务收支审批制度。主要内容包括：财务收支审批人员和审批权限；财务收支审批程序；财务收支审批人员的责任。

第九十六条 实行成本核算的单位应当建立成本核算制度。主要内容包括：成本核算的对象；成本核算的方法和程序；成本分析等。

第九十七条 各单位应当建立财务会计分析制度。主要内容包括：财务会计分析的主要内容；财务会计分析的基本要求和组织程序；财务会计分析的具体方法；财务会计分析报告的编写要求等。

第六章 附 则

第九十八条 本规范所称国家统一会计制度，是指由财政部制定、或者财政部与国务院有关部门联合制定、或者经财政部审核批准的在全国范围内统一执行的会计规章、准则、办法等规范性文件。

本规范所称会计主管人员，是指不设置会计机构、只在其他机构中设置专职会计人员的单位行使会计机构负责人职权的人员。

本规范第三章第二节和第三节关于填制会计凭证、登记会计账簿的规定，除特别指出外，一般适用于手工记账。实行会计电算化的单位，填制会计凭证和登记会计账簿的有关要求，应当符合财政部关于会计电算化的有关规定。

第九十九条 各省、自治区、直辖市财政厅（局）、国务院各业务主管部门可以根据本规范的原则，结合本地区、本部门的具体情况，制定具体实施办法，报财政部备案。

第一百条 本规范由财政部负责解释、修改。

第一百零一条 本规范自公布之日起实施。1984 年 4 月 24 日财政部发布的《会计人员工作规则》同时废止。